Ludwig Weibel
Deines Ursprungs Generalität
Deines Wesenseins Regie und Zartheit

Books on Demand

Bibliographische Information der Deutschen Nationalbibliothek. Die Deutsche Nationalbibliothek verzeichnet
diese Publikation in der deutschen Nationalbibliogra-
phie, detaillierte bibliographische Daten sind im Internet
über http://dnb.dnb.de abrufbar.

© 2015 Autor: Ludwig Weibel
Herstellung und Verlag:
BoD – Books on Demand, Norderstedt
ISBN 9783738623734

Ludwig Weibel

Deines Ursprungs Generalität

Inhalt

Wohlstand von unendlicher Gewähr
5

Angesiedelt in des Ewigen Gedeihen
31

Genealogie seit Ururzeiten
59

Harmonisches Geflüster
83

Das Geisteswesen das du Bist
111

Die Lauterkeit des Himmels
135

Der Zustand höherer Bewusstheit
161

1
Wohlstand von unendlicher Gewähr

1.1

Märchenwelt im Grünen völlig unbeschwerter Tage, wenn du dich der Gegenwart des Seins bewusst bist, hintergründig, vordergründig, licht und leicht und wunderbar.

Die Verfolgung deiner Pläne lässt sich dann am Besten an, wenn du Mich und Meinen Anhang an die allererste Stelle setzest in der langen Reihe deiner siebenselig- oder traurigmachenden Gelüste, die von deiner überbordenden Lebendigkeit beredtes Zeugnis geben. Alles ist in Mir und alles ist in dir, wenn du's erkennen magst in deinem gründlichen Dich-auf-dich-selbst-und-auf-das-All-Besinnen in der Gesammeltheit der fluktuierenden Gedanken. Wie mit des Messers scharfem Schnitt gezogen, ist die Grenze zwischen der so allgemein verbreiteten und jovialen Unbewusstheit und dem ach so seltnen, abermeisterlichen Seinserkennen der mit Gottesgeist Begabten auf des Lebens sinnerfüllten Fluren. Wer hat es denn geschafft, wenn nicht der treue, siegessichere Verfechter einer Seinsphilosophie von Meinen Gnaden. Gibst du dich ihr vollends hin, so wandelt sich dein Sinn dem Himmel einer absoluten Unbeschwertheit und Gottseligkeit entgegen, deren Zeuge Ich Mir Bin und die für dich ein Novum darstellt, so berückend und beglückend, dass du dich in eine neue Welt geboren siehst, die hält was sie verspricht, in ewigem Gedeihen.

1.2

Himmlisches Begeistern an des Seins Behutsamkeit und Stärke und kein Ende eines Wohlstands von unendlicher Gewähr. Hier lieb Ich

Sachlichkeit genauso, wie Allgüte in der Welt des wahren Friedens und der liebevollen Herzkultur.

Dich im Ewigen galant und nützlich zu erweisen, sei dein allergrösster Wunsch im Märchenreich der Lebenstage, die dich formen für des Seins unendliches Bestehn. In Mir sind Zaudern, Zagen, Müssigsein und Däumchendrehen fehl am Platze, denn die schaffende Geduld und der dezente Drang nach Fülle und Vollkommenheit sind Mir und damit dir zutiefst ins Herz geschrieben. Bäume dich nicht auf, wenn Ich dir Zeichen Meines Unmuts über deine schwache Leistung gebe, denn Ich weiss: In dir steckt noch unendlich viel an Genialität und Mustergültigkeit, Beredsamkeit, sowie ein Arsenal von inneren Werten, die dem Ganzen Meiner allumfassenden Gebärde adäquat und dienlich sind.

Ich schau dich an und seh dich mählich wachsen an Beständigkeit und Klugheit, Willensstärke, Übersicht und Raffinesse des Gewahrens. Das ist gut und führt dich schliesslich zur Beschaulichkeit und ewigen Heiterkeit hinan in Meinem Dich-Begründen. Du staunst, wenn Ich dir sage: Meine Kräfte ragen tief in dich hinein und bewirken steten Wandel im Gewebe deiner Weltentage. Versuche dem Geheimnis auf die Spur zu kommen, das dich von Meiner Seite mild umfliesst und das die grosse Chance ist in deinem Leben, einer neuen Zeit und Zukunft, Selbstbewusstheit und Erfahrung Meiner Grazie zuzuschreiten. Geh in Mir weiter, als du je gegangen und erlebe heil und heilig die Verwirklichung im Sein und damit im glückseligen Wohlgeraten.

1.3

Gerade so, als ob die Allerwertesten der guten Geister um Mich wären, reck Ich Mich und streck Ich Mich gedankenvoll in ihnen. Ja, wir sind da und sind dir nah und Ich Bin da und Bin Mir nah und alles ist zur Einigkeit gediehen. Das Freudenfeld ist wohl bestellt. Es singt und klingt in ihm von Ehrbarkeit und Heiligkeit und wohlbewahrtem Göttersinnen.

Beharrlich bilden sich die Menschenvölker ein, das Nonplusultra über sich und ihre Herkunft gütlich zu besitzen und so driften sie in Unbewusstheit und Verstiegenheit - an Mir und Meinem Sein vorüber. Nur wenigen gelingts, sich selbst in Ehrfurcht und Entschiedenheit als Meinesgleichen zu erkennen und daraus die Schlüsse echter Menschengöttlichkeit zu ziehn.

Das ist so, wie es sein will, in den selbstgesuchten Tiefen, in den heldenhaft errungnen Höhn. Wie kannst du zögern, Mich und damit dich in voller Majestät zu suchen und zu finden, wenn Ich dich dazu berufe, leis und innig, immerzu?

1.4

Mein Sein, das unbeschwerteste und namenlos glückselige Gebilde himmlischer Genügsamkeit am Leben und Bestehn. Ich Bin, geruhe Ich in allem, was da ist zu Mir zu sagen und Ich habe keinen andern Wahrspruch als: Geschmeidigkeit des Herzens überall, wo Ich Mein Sein erdenke und ein Wollen lauter, licht und klar. Jedem schaffenden Genie Bin Ich Adlatus Spiritus, der es befruchtet und belebt, begeistert und vor allem seiner selbst bewusst macht in der Wonne wohldotierter Schöpfertage. Du bist Mein auserlesner und bewundernswert geschmeidiger Garant des liebevollen Sich-Entfaltens in den Sphären Meiner Ruh und bist, wie Ich, der Ausdruck reiner Seligkeit und Seelenaugenfrische in der Fülle des Sich-an-sich-selbst-Erlabens.

1.5

Ihrem Stand gemäss im Leben und im Sein zu stehn, ist aller Mächte und Gewalten wohlerworbnes Meisterstück und Rechtssystem. Nun mag kommen, was da immer will, sie sind gewappnet und gestählt, gewitzigt und dem Sein vermählt als Bürgen der Allherrlichkeit im Reich der makellosen Harmonie. Was alles musste Meinem Einfall sich genehm und würdig, wohlgesinnt und abgeklärt erweisen, bis es in der Lauterkeit der Sphären Einlass und Genehmigung, Verwandtschaft und verständnisvolle Liebe fand, in Mir und Meinem überwältigenden Renommee?

Nun weiss Ich, was Mir blüht von Scharen unvollkommener und ungebildeter Banausen und Beschwörer ihres Schicksals als verstiegen, ungerecht und unerbeten. Sie wollen nicht bemerken, dass sie selber sich's heraufbeschwört und angetan in vielen Runden des Geborenseins, wie auch der Phasen richtungweisender Belehrung durch die Hüter der Beständigkeit und Gottgefälligkeit in Mir. In ihrem Arbeitsfeld ist beispiellose Treue, Gründlichkeit und Fachkenntnis vonnöten, um von Fall zu Fall mit unerschütterlicher Akribie heraus-zustilisieren, was dem Einzelnen an weitrer Formung Not tut, um der Seinsgerechtigkeit Güte

1.6

Zuvörderst und zuletzt ist immer Meinem seinsgeschichtlichen Bedeuten auf die Spur zu kommen. Abgehandelt und dem Publikum verlesen wird in jedem Falle, was das Sein betrifft, in allen seinen Arten, Wendungen und Funktionen. Es steckt in jedem noch so simplen Erdenbürger und verleiht ihm seine Würde, Wesenskraft, Ver-schmitztheit, Liebefähigkeit und letzen Endes seines Lebens unerforschliches Geheimnis, das niemals angetastet oder ausgerottet werden kann.

Nun gibt es sich, dass die Verständigsten der Menschenwesen wissen, welchen Ursprungs Generalität und Generosität sie sich, weit über dem alltäglichen Gezirp, erfreuen dürfen. Sie sind es, die ihr Sein an sich erkannt und aufs Vortrefflichste und Weihevollste in ihr Dasein eingemittet haben. Nicht weil Ich denke, Bin Ich, sondern weil Ich das Bewusstsein Meines Seins errungen habe, darf sich jeder sagen, der Mein Ich-Gefühl besitzt und dem Unendlichen, das in ihm webt und lebt, rumort und jubelt – huldigt, als dem allerwürdigsten und liebenswürdigsten Gespan.

Ich trete in dir auf als einer, der die Summe aller Künste, Günste, Fabelhaftigkeiten und allherrlichen Gebilde aller Welten in sich trägt in seiner alles überschauenden Bravour. Anerkenne du, dass Ich dir das erstrebenswerteste, glaubwürdigste und unbescholtenste Juwel der Seelenstärke Bin, dem du Vertrauen kannst bis in die allerfeinst verbreiteten Verästelungen deines Denkens und Gefühls. Du sollst dich an nichts stossen, sei es noch so ungehobelt, widerspenstig und verschroben, immer kommt es doch von Mir und heisst dich, seinsgeduldig, liebevoll, verständig und galant zu sein in deiner menschengöttlichen Manier. Es sind Erhabenheit und Übersicht, Bewusstheit, Mut und Grazie, die dich zieren sollen alleweil in deinem königlichen Habitus und deiner nonchalanten Weise, deine Lebensdinge anzufassen und gekonnt und innig einem gloriosen Ende zuzuführen.

1.7
Allseits offen ist Mein Sinn für das Unendliche, das Ich für Mich ersonnen und gewonnen habe. Daraus resultiert das ausserordentliche Wohlgefühl, in dem Ich Mich seit eh und je befinde und von dem Ich stete Heiterkeit des Herzens und Beschwingt-heit des Gemüts für Mich gewinne. Bodenlos, unsicher und riskant erscheint den Unerfahrenen, was Ich so treibe, derweil es für Mich lauter Wonne und Holdseligkeit bedeutet, Makellosigkeit und lichte Lust am Dasein in den Himmelssphären.

Summa summarum demnach eine fabelhafte Art und Weise, vor Mir selber zu bestehn und Mir, immer weiter um Mich greifend, alles Wohlbestallte und Erhabene, Ausgezeichnete und Stimmungs-volle zuzulegen, das da ist und Meiner Brautschau lieblich und grazil ins Auge sticht auf Götterpfaden. So kann Ich denn nicht lassen von der Schönheit, die Ich Mir erschuf und die Mir dient als Vor-geschichte, Vorbild und Final von immer neu erweckten Liebestaten. Ich komme Mir wie einer vor, der sich in ein nie endenwollendes Gespiel, Getriebe und Gezwitscher vor den Pforten seines Hauses eingelassen hat, freimütig, tief in sich versunken, siegreich, nimmermüd und genial. Lässest du dich mit Mir ein, so musst auch du schlussendlich um dein Leben ringen mit Geduld und Grazie, mit Zuversicht und immer weiterführendem Gelingen. Du wirst alles, was du tust, mit gütestrahlender Gekonntheit und Gerissenheit beleben, bis am Ende unter deinen Händen nur noch Wunderwerke allerersten Ranges voll Manierlichkeit erstehn. Deines Herzens Friedefertigkeit und Freude lassen sie erblühn und alle deine Sehnsuchtsträume werden wahr an ihnen. Das ist, weil du gelernt hast, in den Weiten Meines Seins Verhältnismässigkeit, Vertrauen, Hilfe und Holdseligkeit zu finden. Denn das wahrhaft Künstlerische spriesst aus einem reinen, unbeschwerten, glücklichen und gottesebenbildlichen Gemüt, das Meiner Gaben Fülle aufzufangen weiss und weiss sie angemessen zu gebrauchen. Berufung, Seelensicherheit und Virtuosität sind Attribute dieses Offenbarens unvergänglicher Gebilde, die in Erhabenheit und Harmonie, Gottseligkeit und gütestrahlender Vollendung in sich selber ruhn.

1.8
Mit der Unermesslichkeit des sammetsanften Sternlaufs Bin Ich unterwegs in Raum und Zeit in namenloser Einsamkeit, um eine Millionenrunde nach der andern zu erwandern, endlos, strahlend, licht und in sich selber wunderschön. Ich prophezeie himmlisches Genügen an der Regel-mässigkeit, die Ich Mir auferlegt, sowie ein Equilibrium der Kräfte ohnegleichen, das die äonenweit gestreckten Bahnen tunlichst einhält, Meinem namenlosen Wohlgefallen zu.

Die Allerwägsten der Gestirne überbieten sich darin, ihrer Wesenhaftigkeit gemäss, kulant zu sein im Sich-Verstrahlen, lichterloh und liebevoll und seinsgediegen. Sie beleben und begüten Meines Alls Gepräge und erreichen damit auch der Menschheit Sinngedicht und Flor.

Evolution ist eine allweit sich verschränkende Synthese abervieler Wirklichkeiten, denen Ich in Liebe, Lebenslust, Genie und unerschöpflicher Gewandtheit übersteh. Immanenterweis sind es des Geistes Züge, die allüberall zum Zuge kommen und so das kosmische Gesamtkunstwerk erschaffen, das die Menschen allesamt bewundern und dessen Hüter und Gestalter sie mit wachen Herzensaugen dankbar übersehn. Bist du von diesen einer, so eröffnet sich dir wahres Leben, wahre Zukunft und wahrhaftige Beglückung in des Seins elysischer Substanz und Weltenpolitur. Du schaust und sichtest, dass du Bist Mein Wesens Kraft und Meiner Glorie Gefährte in dem götterlichten Spiel. Wandle dich und walle Mir entgegen, weite deinen Sinn und fühle deines Seins Bedeuten im unendlichen Allhier.

1.9
Katharsis Meiner selbst in Winternächten, Seelenängsten, kummervollen Meditationen der Verluste, die Ich in schwerer Krisenzeit erlitten. Kargen Überlebens in den Niederungen Meiner Menschenbastion, Tücken überwindend, weiterführende Gedanken spinnend trag Ich Mich voran im Myriadenheer der wachsenden Geschöpfe, gross, geduldig, resistent und hoffnungsfroh.

So ist, was Ich Mir hier bedeute, ein beherztes Bleiben, das Mich viele Tränen kostet, währenddem in höchst geheimer Mission das menschliche Gemüt von Mir verändert wird, der überwältigenden

Klärung des Bewusstseins unentwegt entgegen. Was du Bist, sollst du erfahren, was dein Handeln auf die Stufe einer Gottheit stellt, soll dir in klar gesetzten Bildern vorgetragen werden, dass du mutvoll und gekonnt voll Zuversicht auf deinen Dornenwegen weitergehst, der mutierenden Erkenntnis deiner selbst entgegen.

Das heisst, du weisst, dass Ich mit dir, in dir die Lebenspfade als der ewig Götterherrliche durchschreite, der nicht locker lässt, bis all dein Tun und Trachten grandios und genial die Werte Meiner Zunft und Niederkunft verbreitet, Liebe spendend, Trost und Tugend nach allherrlichen Prinzipien, die Ich Mir im Äonenlauf erschuf. Mit Mir vereint bist du ein unvergängliches Idol und Kleinod Meiner eignen Würde, bist ein sakrosankter Retter in der Not und ein Beglaubiger des Fürstlichen, das Ich in dir und deinem Anhang Bin seit Urgedenken. Trau und schau und folge Meinem blütenreinen Beispiel unverzagt und heiter durch die Evolution der Geistnatur, die dich beseelt und die dein Wirkliches, Wahrhaftiges und Ewiges ist durch Generationen.

Erfahre, dass dein Sein in Meinem wunderbarerweise sich erfüllt, als eine Gabe der Allherrlichkeit und als ein Einigsein von unerhört beseligender Signatur. Von Meinem Hauch berührt, erkennst du das Erhabene und Sakrosankte deiner Mission in Zeit und Leben und gewinnst an ihr die unvergängliche Glückseligkeit, in der Ich Bin und wese. Binde dich an Mich und du bist frei auf ewig in der Zärtlichkeit und Lichtheit, Grazie und Güte Meiner Geistessphären.

1.10

Das Wesen Meiner Gutheit braucht nichts Mangelhaftes oder Schwächliches zu reflektieren. Es ist beseelt von dem Bestreben, Kräfte der Wahrhaftigkeit, Leutseligkeit und Tugendhaftigkeit zum Einsatz und Verdienst zu bringen, vor den verklärten Augen der bedeutungsvollen Götter-schar.

Gang und gäbe ist es von Mir, den Gerechten Meiner Tage Seinsbegünstigungen, Lockerungen und Illuminationen zu gewähren, die sich als eine Schau ins Ewige erweisen und den Träger solcher Würde allertiefst beglücken und entzücken in des Himmels Manifest und Güte, die ihm solcherweis geschehn.

Ich unterweise, wenn du sanft und süss das Schweigen pflegst in seiner ganzen Fülle des Erwartens neuer Einsicht und gediegner Unterhaltung in den seinsbewussten Sphären Meiner Ruh. Was Ich dir melde, hat unendlichen Gehalt und nährt dich mit der Fülle Meiner Gnaden. Unbeschwertheit, lockeres Gemüt, profunde Heiterkeit und liebelichtes Strahlen sind die Folge Meiner all so zarten Intervention und lassen um dich überall die Herzensfreude blühn.

Vollkommen ist die Welt des Seins, aus der heraus Ich liebevoll und lächelnd, willensstark und konsequent agiere. Ich nenne Meine Diener all beim Namen und weise ihnen haargenau die Dienste zu, die sie an Meiner Stelle zu verrichten haben. Fallieren sie, zieht Unheil über ihrem Haupte sich zusammen, sind sie treu in Meinem Sinne engagiert, ist es, als ob der lichte, blaue Götterhimmel - ihrer Seele sich eröffnete und reine Lebenslust und Liebenswürdigkeit des Seins sie zierte, makellos und wunderbar.

Meisterst du dein Soll, soll es dir frommen Tag für Tag, Epoche für Epoche im Bewusstsein des Allherrlichen, das Ich in die gottseligen Herzen trage. Kein Behaupten, ein erhabenes Gefühl ist der Beweis für was Ich meine und verleihe an die glaubensstarken und gewürdigten Gemüter Meiner Wahl. Einmal bist du so gediehen, dass du als des Geistes Kind und König ganz Mir zugehörst, um dann in seligem Frohlocken die Errungenschaft zu feiern, die Ich dir mit liebevoller Geste feierlich vergab.

Bewahre wohl, was Ich dir so besage in des Herzens heiliger Behutsamkeit und zehre jederzeit davon in einem Leben voller Märchenhaftigkeit und Tugend, Seinsbrillanz und gottesfürchtigem Erstrahlen.

1.11
Oft ist ein Windhauch Anlass für ein Welt-geschehn, ein bitterböser Ruf mag durch die Länder schallen und schon sammeln sich die Leute auf den Strassen und verdammen lautstark dies und das.

Meine Art und Weise ist es, in Kaskaden von begeisternden Gedankenstössen Geniales anzuregen in der Weltenrunde Sinngehalt und Flor. Da geschiehts, dass auch die Menschenwesen selig lauschend stille stehn und sich die gute Botschaft und Regie aus Meinen Sphären dankbar, willig, wohlgefällig und verschwiegen zu Gemüte führen.

Wie anders präsentierte sich das Weltgeschehn, wenn alle Handelnden nach Meinem Sinn und Meiner Sorglichkeit das Zepter führten. Meine Weisung und Moral führt zu Gewissenhaftigkeit und Wohlverstand in allen Regionen menschlicher

Kultur. Wie in eines ewigen Frühlings Glut und Wohlbefinden lebten die Gerechten Meiner Zunft glückselig vor sich hin und wüssten sich geborgen und geführt, gewappnet gegen jede Unbill und erweckt zum Sein in Meiner Gärten Lieblichkeit und Grazie im himmlischen Azur.

1.12
Am Ausgang steht Mein wunderbarer Diener und befragt dich nach dem Willen, wirklich in die Geistwelt einzugehn mit allen Konsequenzen, die daraus erstehn. Deine Sinne sind entschwunden und du bist dir deiner Gegenwart bewusst wie ins Allräumliche gedehnt in wunderbar befreiten und beglückten Massen. Nun zeigt es sich, ob du vordem gelernt hast, deines Wesenseins Aspekte als die Meinen zu erkennen in des Universums unermessnem Saal. Da geht es darum, die das All belebenden Urkräfte als ein Wirkliches zu sehn, das mit entzückender Gebärde alles regelt, reift und richtet, was da ist und was des Geisteslichts bedarf in seinem Sich-Begründen.

1.13
Avanti ihr Völker der Erde, vorwärts geliebter Gespan, wir haben keine Zeit zu verlieren, derweil die Weltenräder surren und die verwegnen Protze auf den Schanzen stehn, um ihren Willen durchzusetzen in des Lebens grandiosem Ritual. Was menschenfreundlich ist hingegen und gottgefälliger Natur, behauptet sich als segenvoller Ausfluss Meiner Taten. Das Widersprüchliche

entbehrt des wahren Seins und rottet sich früh oder später selber aus am eignen Unvermögen.

Du bist der wahre Keim und Kampfstoff Meiner Virtuosität im redlichen und wohlgefälligen taufrischen Über-Mich-Verfügen auf der geistbelebten Götterspur. Meine Novità ist in dein Herz geschrieben und soll sich dort entfalten und Mein Wort verwalten unermüdlich, liebevoll und wahr. Mein Menetekel an der Wand jedoch soll dir die letzte Warnung sein vor Willkür, Überschwänglichkeit und eigensinnigem Betragen. Netto muss die grandiose Rechnung doch zu Meinen und damit auch zu deinen Gunsten aufgehn, denn das wahre Sein kann niemals wider sich und seinen Wohlverstand agieren. Nur dass du dich in ihm erkennst als Mittel, Resumee und Richtwert deines Wohlgeratens. Dass du Bist, soll dir bekannt sein bis ins allerinnerste Geäder deiner Seinsstruktur und soll dich Meiner ebenbürtig machen, ohne jeden Abstrich, meisterlich und virtuos.

1.14
Wohlbewandert in der gütevollen Kunst des Sich-Vergebens überschaue Ich getrost Mein irdisch Saitenspiel; in grandioser Selbstverständlichkeit seh Ich die Dinge des Allraumens sich vollziehn, indem Ich sie in allerfüllender Bewusstheit und Erlauchtheit in Mir trage. Voll Sanftmut und Entschiedenheit regiere Ich die Reiche Meines kosmischen Bedeutens ohne jedes Zweifeln an Mir selbst und mit der Nonchalance der Gotteskompetenz, die Meinem Sein seit Urzeit innewohnt in wunderbar beglückendem Begaben. Was immer Mir erspriesslich scheint, lass Ich in Fülle in Mir

keimen, was Ziseliertheit fordert, übergeb Ich Meiner seelenvollen Geisterschar. In ihr ist Meiner Stärke Bild beständig am Agieren. So blicke denn auf eine Hierarchie von Dienern des All-Einen, die in ihrem Wesen Sein vom Sein sind und damit glückselige Gefährten Meiner selbst, hinunter und hinauf, hier und im Wunderbaren.

1.15
Immer du und Ich in derselben, herzergreifenden Geschichte von des Seins Athletikum, Spagat und unermesslichem Rumoren. Sieh den erhabnen Aufenthalt im makellosen Raum Elysiens, dem nichts als namenlose Unbeschwertheit, Heiligkeit und Grazie des Erlebens innewohnt von Mir. Es ist das allerreinste Sein von Gottes Herrlichkeit, das Ich bewohne, die Ära der All-Liebe, Lieblichkeit und Tugend, die in ewiger Jugendfrische und Holdseligkeit erblüht, um jene zu beglücken, die unverwandt und heiter, siebenselig, feierlich und friedvoll Anteil an ihr haben. Es lässt sich kaum beschreiben, welche Harmonie und Hochgestimmtheit herrscht in diesen götterlichten Sphären der Barmherzigkeit an allem, was Ich hier mit frohem Sinn in Liebesseligkeit und Lauterkeit erlebe. Auserlesene Gedanken feingefühlter Wesen strömen sich Behutsamkeit, Bescheidenheit und himmlische Natürlichkeit entgegen und umfangen sich in wunderbar geläutertem Verstehn. Es liegt darin die strahlende Verheissung einer menschengöttlichen Ägide des unendlichen Befreitseins und Gelassenseins in Mir und Meiner Fähigkeit, was von Mir ausging, wieder in Mir zu vereinen, als im reinen

Sein und in der Fülle wunderbar beseligender Gnaden.

1.16
Gewogen und geprüft, für gut befunden und der Schar der Auserwählten zugeführt bist du, wenn alles in dir nach der Stimmung und Gestimmtheit Gottes eingerichtet und bestimmt ist in der Folgerichtigkeit der Weltentage. Dann darfst du dich rühmen, Meinem Sinn und Geiste, Wahrspruch, Wohlverstand und Richtwert angehörig und genehm zu sein. Mir obliegt es nun, dich von den letzten Resten illusorischen Materiedenkens frei zu machen, bis du ganz in Meinem Geiste lebst und webst und dir die Ziele deiner Menschentüchtigkeit erwanderst, wohlgelaunt, glückselig und fidel.

Meiner Ziele Ziel zu kennen und erreicht zu haben, ist noch jeden Aufwand wert in der Bilanz von deinen Wundertaten. Echt und ewig heiter, liebevoll und zärtlich sollst du dich der Wirklichkeit des Daseins in den Geistessphären freuen und dich unentwegt der Dankbarkeit befleissigen ob dem dezenten Guten, das Ich dir vermache in des Seinserkennens liebelichtem Wohl. Was dir schon immer angehörte, ist nun wirklich dein in der Verbundenheit mit Mir und Meinem Weltensein im allerwertesten Erleben.

1.17
Oh du Mein holder Gedanke, bleibe doch bei Mir und mache Mir bewusst, dass Ich im Weltgefüge Bin des Seins unendlich weitgedehnter Sinn und Flor. Auf ewig darf Ich hier Mir selbst genügen, darf

Meines Wesenseins Regie und Zartheit, Makellosigkeit und Melodie behutsam und gekonnt, sanftmütig und erhaben an Mein Sein verspielen. Was Ich Mir leiste, ist von keinem Ohr belauscht, als von dem Meinen; was Ich in Traulichkeit und Minne allweit Mir erfühle, ist des reinen Seins unendlich feingestimmte Seligkeit, von der Ich durch Äonen wunderbarerweise zehre.

Ich wiege Mich in holder Unschuld sanft und selig als in einem Meer von blühenden Ideen und Bin Mir selbst Gefährte und Gespan in allen, die sich durch die Zeit und Ewigkeit zur Wirklichkeit entfaltet haben. Frohgemut und heiter send Ich Meinen Strahl in alles Seinslebendige, das Ich zum Segen und zum Sinnbild Meiner selbst erschuf. Was immer Ich bewege, ist bewegende Geschichte kosmischer Dimension, an der die Weltenwesen alle ihren wonnevollen Anteil haben. Bin Ich Mir selbst genug, so sollen es auch die Geschöpfe Meiner Andacht, ebenso wie Meines siebenseligen Geflüsters, sein, in der so liebevollen Seinsgebärde, die Ich Mir zum Wohl des Ganzen, wie zur Einheit allen Lebens, zugeeignet habe.

Allwie in einem weiten, breiten Werdestrom fliesst alles, was Ich Mir erdenke und erfühle, folgerichtig und galant dahin, raumschaffend und sich selbst bestätigend in wunderbar getragenem Vor-aller-Welt-Bestehn. Genie ist Gotteswürde, Gutheit und Gelassenheit in einem und erfüllt sich in sich selbst in unnachahmlicher Grandezza, Glorie und Grazie, als von Mir beschienen und behütet immerdar. Von den Höhen perlt hernieder Meines Weiseseins Bravour und steckt jene Geister an, die noch in ihrem Werden Meiner Kraft und Kühnheit, Solidarität und Ebenbürtigkeit bedürfen. Es langen

Meine Fäden des Verfügens von der Mitte, die Ich Bin, bis in die allerfernsten Regionen Meines Universenreichtums und Befindens, ohne je die Wirkkraft, Seriosität und Gunst des Ewigen zu verlieren. Ich Bin Mir Meiner selbst bewusst in absolut bedeutungsvollen Graden der Beharrlichkeit und Bonität, Behutsamkeit und Lauterkeit von eignen Gnaden.

Eine Geistesbrücke bau Ich dir, wohlerwogen und gekonnt, seidenweich und sicher zu Mir her, damit du dich erheben kannst von deinen fadenscheinigen Begründungen direkt und akkurat zu Mir ins Reich der vollen Kompetenz am Sein und Leben. So fügt sich das zu Fügende allmählich seinsbewusst und selig in Mich ein zu aller Fromm und Nutzen, Wertbeständigkeit, Glückseligkeit und Sinngefühl.

1.18
Üb immer Treu und Redlichkeit in Meinem Sinn und Glauben, bis sich die Tage deines Seins in Meiner Ewigkeit verlieren. Sei dir der Kunst bewusst, dem reinen Sein zu frönen allsolange, bis du ihm aufs Tüpfchen gleich geworden bist. Hoch lege dir die Marke für den Sprung in Mein Revier der tausend Wohlbekömmlichkeiten und der fabel-haften Weise, in des Lebens Tau und Taumel unbescholten zu bestehn.

Es treten Meine Kräfte auf, sowie du willst ein göttlich Werk nach Meinem Sinn und Duktus der Allherrlichkeit vollbringen, dem sich alles fügen muss in der Unendlichkeit der Göttersphären.

Schweigend nimmst du, was Ich dir entbiete, als gesalbt und seinsgerecht entgegen und vertiefst dich in die Pläne, die Ich mit dir heg. Nur Herrliches kann so aus dem entstehen, was du gläubig und gelassen tust und was dir sinnvoll scheint in allerletzter Konsequenz, natürlich als der Meinen.

Geh nun in heiligem Fürchten vor Mir her als der Gesegnete des sehnlichen Verlangens, Menschliches mit Göttlichem und Erdenwirkliches mit Geisteswelten zu verbinden zur Einheit allen Seins, die Meines Universenwesens Zierde ist in allen Meinen Gliedern. Glückselig, wer sich so als Mich erkennen kann und daraus seinem Tun und Trachten eine Wende gibt ins göttliche Gedeihen, lupenrein, bedeutsam, liebevoll, holdselig, schlicht und wahr.

1.19

Sein oder nicht sein ist hier keine Frage, denn was Ich Bin, kann niemals angehalten, ausgelöscht, verunglimpft oder aufgerieben werden. Zähle nun bis fünf und versuche dabei aus dem Eigensein hinauszuschlüpfen. Schwerlich wird es dir gelingen, denn du weisst ja nicht wohin.

Ich aber sage dir, es gilt seit eh und je, den Weg zu Meinem All-Sein meisterlich und glückerfüllt zu finden, mitten in des Lebens Prunk und Ritual. Irgendeinmal ist Vereinigung zu feiern mit dem, was Ich Bin in allen Weiten und Unendlichkeiten fabelhafterweis in Mir. Das ist und bleibt die beste Mähr, die dich im Leben je erreichen kann, von Mir verfasst und ausgegeben, liebestrahlend, licht und wahr. Wie soll es dahin kommen, wirst du Mich nun fragen. Durch geduldiges Dich-auf-das-Eine-Konzentrieren, dass du Bist in wunderbarem Einklang mit dem Herrn im All-Sinn aufgehoben.

Damit vergissest du, was dich so vehement ans Irdische gekoppelt hält und darfst dich vollends einig mit dem Ewigen erfühlen.

Rittmeister auf dem Schimmel der Begeisterung am Dasein sollst du werden und Mir Zeuge sein des Fortschritts, den Ich in der Menschenwelt erziele. Deine Stimme sei Mir ein beständiges Bejubeln der Holdseligkeit, die dich beseelt und die dein Ich-Gefühl begleitet überschwänglich, zartgestimmt und würdig, Meinem zu.

1.20
Es ist das Überweltliche, dem alles wunderbar Geschaffene und Lebensvolle zuzuschreiben ist. Es sagt: Ich Bin dich selbst in allen deinen Neigungen und Nöten, Bin deiner ewigen Jugend Fülle und Gewähr. Was kann dich seliger und unbeschwerter machen, als gerade das zu wissen und in wunderbarer Akribie auch zu erfüllen. All so lass dich von Mir dorthin führen, wo du Bist das Einzigartige und Eine, dem die Menschen, wie die Himmelswesen, allergrösste Referenz erweisen und in dem sie überglücklich und gelassen, weise und bewusst, liebevoll und zärtlich ihren geister-füllten Daseinsweg beschreiten.

1.21
Ich erlebe Mich im Sein, das ist der Vater aller Dinge im Allhier. Wo sollt Ich bleiben, wenn nicht in der Lauterkeit und Lebenswirklichkeit der Geistes-sphären, denen Ich Mein Sein verdanke, wie den All-Sinn unterm Sternenmeer. Gewandt und

zuversichtlich wese Ich in lichter Gründe Sanktuarium und überlasse Mich dem Heilspruch, den Ich für Mich selber präge. Es ist so reizvoll, Neuland zu betreten als Geladener der himmlischen Struktur. Da stellt sich Weisheit Weisem vor und Liebenswürdiges der Herzensgüte, die von Zärtlichkeit und heiterem Beginnen was versteht. Nicht unnütz ist zu sagen: die Kunst zu helfen und zu retten ist allüberall verbreitet, wo Ich Bin und wo Gedanken und Gefühle sich zu wundervoller Harmonie und Feinheit finden.

Das beginnt dort, wo du aufhörst, auf dir selber zu bestehn, um dich dem Allgemein-Verbindlichen zu weihen. Den Geistesgruss versende Ich an die Geliebten aller Zeiten und erfühle ihrer Freude Strahlen, ebenso wie ihrer Wohlgesinntheit heiliges Vermächtnis an die Weiten ihrer Weltnatur. Halleluja darf Ich singen vor dem eigenen Gehör und darf Begeisterung und Liebe bringen ins Unendliche der Götterreiche, seidenweich und licht und morgenschön.

1.22
Schon schwindet aller Weltenglanz und lässt Mich ganz allein in der Unendlichkeit der Geistessphären, die Ich als die Stätte Meines Seins erkennen darf im Freudenlicht das Mich davon beseelt. Statthalter Meiner selbst Bin Ich geworden, einer ungeheuren Werkschau zugetan, die von Pol zu Pol reicht im unendlichen Gewoge. Wo immer Ich Mich für den Fortschritt und die Wohlbekömmlichkeit der Wesen Meiner Gunst verwende, blühn die Herzen auf zur reinen Freude am geliebten Sein in allen Daseinsvariationen. Ich

stütze sie und schütze sie vor Unbill, Zank und Not, sowie sie sich in Mir geborgen fühlen. Ihre Weisheit wird der Meinen gleich, indem sie sich vollkommen an Mein Sein vergeben und damit die Schleusen öffnen, die sie Meiner Fülle zugesellen, Meinem Halt und Meinem seligmachenden Umfangen.

1.23
Die Hoffnung auf des Himmels Wohlverhalten mache dir das Leben licht und schön. Ich möchte, dass du tapfer bleibst bei aller Schärfe und Geneigtheit deiner Zeiten dich zu hänseln und zu quälen in dem Seelenabenteuer, das du zu bestehen hast vor Mir. Hast du verinnerlicht, was Ich so Meine, kann dich das Leben nimmer aus der Fassung bringen, weil du weisst, dass du im Grund dich selber prüfst im Schwunge deiner Angelegenheiten. Immer klarer siehst du ein, dass dich ein jedes herzerschütternde Ereignis weiterbringt auf deinem Pfad zu Mir und zu des Himmels gütestrahlendem Vollenden.

Setze den Gesetzen keinen Widerstand entgegen, denn sie sind der Ausdruck der gewollten Regel im Zusammenleben vieler und müssen allseits den vernünftigen Durchschnitt anvisieren. Das macht, dass du dein forsches Selbstgefühl beschneiden und bescheiden musst zugunsten eines allgemeinen, grösseren in dir. Ein Leben für die Freiheit wird dich aufs entschiedenste und köstlichste an Meine Hoheit binden, der Ich Bin der König freien Über-Mich-Verfügens, auch in dir. Erkennst du dieses deines Seins bedeutendstes Motiv, bist du für immer dem Glückseligsein

Elysiens anheimgegeben, lichtvoll, lauter, schwerelos und wunderschön.

1.24
Dass Ich dir Gastrecht hier gewähre, ist ein überaus erhabener und wohlerwogener Entscheid, der Mich im Grunde selbst betrifft in Meinem vielverzweigten Binden und Erlösen. Was ist die Erde, ist die Pflanzenwelt, die Tiere und dein Leib denn anderes, als eine wunderbar bedeutungsvolle Basis für dein Wesen reinen Geistes, das sich inkarniert und wieder weggeht, wenn es seinen Pflichten nachgekommen ist. Nach gehörigem Besinnen auf das Werk, das es getan, wird es in einem neuen, ihm bereiteten und von ihm auserwählten Leib erscheinen, um weiteres zu wirken und sich selber immer seinsbewusster, friedevoller und verständiger zu sehn. Wer ist letztlich dieses Wesen, wirst du fragen: Ich, das Sein, geb Ich zur Antwort, ohne jeden Zweifels Spur. Denn darin liegt Mein Welterfüllens Ausmass, Plan und Richtigkeit beschlossen, dass Ich alles Bin, was ist und aller Welten Wesen restlos in dem Meinen aufgeht, als in der Herrlichkeit des Herrn und in der Seinsglückseligkeit der Göttersphären.

1.25
Himmel und Erde sind von Meiner Herrlichkeit erfüllt, darf nur der Eine sagen, der Ich Bin, vom Glanz der Göttlichkeit umgeben. Wahrhaftig, lauter, licht und liebenswürdig gleitet der holdselige Fluss der Zeit dahin, in dem Ich Bin und wese, absichtslos

und alabasterrein, als Sein vom Sein in silberhellem Selbstgenügen.

Allbereit zu sinuös gewirkten Taten weile Ich in wunderbar beglückter Ruhe in Mir selbst in einer Welt des Heils, der unerschöpflich sich verströmenden, geheimnisvollen Grazie der Heilkraft, wie in der Gewissheit, immerfort gedanken-kräftig, seelenvoll und sakrosankt zu bleiben.

Was Ich Mir ersinne, Bist auch du in aller deiner Zuversichtlichkeit und Stärke, dem Empfinden deiner Unverfrorenheit und Willkür, wie der Andacht die dich hier und da beseelt in deinem hochbrisanten Rollenspiel. Ich merze mählich aus in dir, was nicht willkommen und genehm ist in der Vielfalt deiner Wesenszüge, als von Mir begründet und geführt, verinnerlicht und den Allweiten hingegeben. Mein Ein und Alles bist du in demselben Rang, wie Ich Mir ein und alles Bin in all so sanftem Überleben.

Weide dich an dem, was du Mir Bist und was Ich Bin in dir in wunderbar beglückendem Gottseligsein voll heiteren Besinnens und Beginnens, nie gebrochnem Freimut und dezenter Folgerichtigkeit des Strebens. Bin Ich, was Ich Bin, so gilt der Machtruf: Ich belebe und erhebe alles in der Fülle Meiner Unverbrüchlichkeit und Vollbewusstheit Meiner selbst im Tatendrang der Vielen.

Lass es dir gesagt sein, dass dein Ende Meinem Anfang eingefügt und eingebettet ist. Das heisst, du wirst den einigen Jubel spüren, der Mein Sein durchwogt und Meine stete Mitte bildet im gesegneten Allhier. Erwache, sag Ich dir, zu Meinem Ruhm und Meinem Rühmen der Allherrlichkeit, in der Ich wese. Fang nun an und feire Hoch-Zeit in der Meinen in Bewusstheit, Seinsbeständigkeit, Bewährung und gottseliger Manier.

1.26

Komm und öffne Meine Siegel, sag Ich zu dem Engel vor des Himmels Geistestor. Die Gerechten Meiner Tage sollen wissen, wohin sie ihre sehnsuchtsschwangeren Gefühle senden können nach dem generationenlangen Suchen nach allewiger Geborgenheit und Ruh. Nun steht allen die bezaubernde Erkenntnis offen, dass sie sind und dass sie damit ohne jeden Zweifel wunderbarerweis dem Sein der Welten zugehören. Worauf es ankommt ist, dass du inmitten deines Daseins die Präsenz und Würde, Wirksamkeit, Wahrhaftigkeit und solitäre Dominanz von Meines Geistes Fülle akzeptierst, die allem die ersehnte Wendung bringt zum überragend Guten in dem aufgedeckten Götterspiel.

Nachklang reiner Güte ist, was so Verklärte und Verständige in ihrem Menschengöttersein erfahren. Sie sind gedankenträchtig und gefühlsbetont ins Wirkliche erhoben einer Existenz im ewig Guten und Gerechten von unendlicher Dimension.

So spreche Ich von Meinen Gütern und von Meinen Kapriolen reinen Glücks im Wunderbaren, das Ich Bin und dessen Ich Mich unverwandt und siebenzärtlich rühme.

1.27

Vergrössert ist der Schaukreis deines Wohlgewissens ins Unendliche der Sphären, wenn du Meinem In-dir-Gegenwärtigsein Gewicht und Grazie, Gutmütigkeit, Genie und Tatkraft einräumst in des Lebens Lust und Spiel. Ich bewahre dich davor, verknorzt zu werden in der Förmlichkeit und der Bequemlichkeit, die sich aus der Gewöhnung ans Alltägliche ergibt. Dein Wille soll dem Meinen gleich untrüglich, unbeugsam, gewieft und lauter werden in der Vielgestaltigkeit der Zeit, die Wachheit, Würde, Resolutheit und Gewandtheit von dir fordert in der Tage Sinn und Flor.

So wie Ich sein in geheimer Mission, ist dir von Mir ins Herz geschrieben und soll dich zu alledem bewegen, was gerecht und gütig, grandios, glaubwürdig und erhaben ist in deinen kühnsten Operationen, die aufs Ganze einer Welt von Schönheit, Tugendhaftigkeit und Zartheit zielen. Lass es dir gesagt sein, dass du Bist, so wie Ich Bin, das Allerwerteste, das ist im Reiz des Himmels, wie der weltlichen Staffage. Reiche Meinem Duktus und Raffinement die Hand und schreite in die Zukunft als ein Seinsverklärer und Gebildeter der Geistessphären, deren Fülle deiner Leere gegenübersteht, wie Tag und Nacht, wie Licht und Finsternis in wunderbar gesegnetem Begaben. Ich kleide dich in Hoffnung, Friedefertigkeit und Feinheit des Erlebens all so viel, bis du im Glücke schwimmst, das dir das Seelensein bereitet in Vertrautheit mit dem Meinen, lieb und wahr in der verehrten Dominanz des göttlichen Behagens.

2

Angesiedelt in des Ewigen Gedeihen

2.1
Was Ich will: Ein Novum in die menschliche Geschichte prägen, als mit dem Hochgewinn des Seins in allen Schichten und Geschichten, Wünschbarkeiten und Verwünschungen in Meinem gottgeweihten Namen. Nichts ist so bezaubernd und berückend schön wie das Bewusstsein, dass du nun dem Zeitenlos entrissen bist und angesiedelt in des Ewigen Wohnstatt und Gedeihen, das allüberall dasselbe ist in eines Menschenherzens Sanftmut, Seligkeit und Frieden.

Nie hat Mein Lied beglückender in dir geklungen, als gerade jetzt, wo Geistesgegenwart und Gotteswürde, Gleichgestimmtheit und zeitenlose Grazie dich von Mir beseelen. Radikale Umkehr geht vonstatten, sowie du Meiner dich versiehst in deiner typischen Zerfahrenheit und deinem Eigen-sinn unter der Ägide des profanen Lebens. Mich und dich und jeden, den du kennst, kannst du als Träger der Geschmeidigkeit und Fabelhaftigkeit des Seins erkennen und verehren. Überragendes wohnt ihnen inne, als vom Weltengeist geprägt und gutgeheissen.

Sendung nenne Ich, was hier geschieht in Meines Namens heiligem Befinden. Du und du sind mittendrin und aufgerufen, Zeugen Meiner Herrlichkeit und überwältigenden Liebeskraft zu werden.

2.2
Ich Bin Gewinn für aller Welten Wesen in der Unerbittlichkeit der Zeit, wie in der Sanftmut, Ehrbarkeit und Lauterkeit des Ewigen, an dem Ich unerschütterlichen Anteil habe. Weshalb, wozu muss Ich denn sein? Lang ist die Liste der

Verbindlichkeiten, denen Ich mit Leidenschaft und Sachverstand obliege. Nun gilt es, die Gerechten Meiner Tage von dem Glanz, den Ich verstrahle und den glänzenden Ideen, deren Träger und Erfüller Ich Mir Bin, zu überzeugen. Sie sollen mit Begeisterung und Wohlgemutheit Meinem Lockruf ins Bedeutungsvolle folgen. Lockere Geschichten sind Geständnisse von Mir und weihevoll muss tönen, was Ich deiner Andacht ins Brevier diktiere. Nun sieh, du kannst ja todwund auf den Friedhof gehn, fein säuberlich um dich gebreitet und wirst doch selig in Mir auferstehn zu dem, was Ich, dir vorbereitet, zur Freude des Genesens führe. Merk auf und sei ein Glied von Meinen Gliedern und lass dir von Mir Seinsglückseligkeit bescheren.

2.3

Bauernschlauheit oder Büberei wird dir nichts nützen auf dem Weg zu grösserer Freiheit und Gelassenheit in Mir. Ich empfange nur die Seelen, die rechtschaffen, lupenrein, manierlich und markant im Leben stehn und zugleich Sehnsucht nach dem Himmel in sich tragen. Wie nett, wie schön, wirst du bemerken und dabei nicht wissen, wie gehörig durchgeschüttelt du noch wirst, derweil du das Gewinde deiner Ambitionen zu verwirklichen versuchst. Nur, dass du dein Vertrauen in die Hilfe höherer Instanzen aufrecht hältst in unverbrüchlicher Manier, ist Meines Wünschens Kern und Kapital zu deinen Füssen.

Die Redlichkeit der Sterne blinkt dir unverwandt ins Herz hinein in deiner Nächte Schub und stillem Dich-Gedulden an der Zeit des Wachsens und Bestehns. Wie bald ist es um deine Langmut doch geschehn, wenn dich die Glieder und Gedanken zwicken, radikal und pausenlos. Da fällt nur in Betracht, auf Christi Gegenwart Bezug zu nehmen und dich mit ihm zu solidarisieren, als Gott im menschlichen Gewand, der um der Vollendung seiner Schöpfung Willen alle Leiden stumm erträgt im Bunde mit den Himmelshöhn. Da wisse dich in jedem Fall von Mir gehalten und gestärkt, gewappnet und mit Heldenmut versehen.

Bald ziehen Seinsgelassenheit und Ruhe ein in deiner Seele gläubiges Gemach. Dort darf sie ihres Eigenwertes Kraft und Süsse, Rarität und Seinserhobenheit verspüren. Wie zu sich heimgekommen fühlt sie sich, indem sie wieder Mir gehört, als Sein vom Sein in silberglänzender Glückseligkeit und Wonne in der legendären Grazie der Göttersphären.

2.4
Wallstatt reizender Gefühle Bin Ich in des Morgendämmers Kosen. Als ein Bündel Hoffnung, Wohlgefälligkeit und Sitte tret Ich in den neuen Tag, um die Ereignisse darin geschickt und sieggewohnt zu graduieren.

Ich melde Mich als Überschauender vielfältiger Sphären, die alle in Mein Blickfeld und Behüten, Reglieren und Jonglieren eingestellt und ihnen unterworfen sind im Zug der Zeiten.

In wunderbar geschniegelter Balance halt Ich Meine Güter und gebiete über alles, was Mir hingegeben mit der Solidarität und Weitsicht des All-Höchsten.

Lautre Liebe lass Ich fliessen über Meine Lebensglieder hin, die allesamt ihr Heil mit angemessnem Fortschritt zu verbinden suchen. Noch ist gar vieles nicht erreicht, was Ich mit Kraft und Weisheit intendiere. Doch hab Ich alle Zeit vor Mir, um Meines Drängens Gegenständlichkeit ins Lot zu bringen und in eine Wachheit, die im Grund nur Mich am Werken sieht.

Ich aber Bin des Seins Magie und Melodie und halte Mich in Meiner Innigkeit in absoluter Reinheit und Ekstase der Glückseligkeit in wunderbar gesegneter Balance. Am klaren Firmamente Meiner Güte leuchtet Frieden auf und seelenvolle Harmonie des Unbeschreiblichen, in das Ich Meine Einsicht tauche. So ist alles wohlgestimmt in Mir und abgewogen in des ewigen Bleibens Mustergültigkeit, Bewusstheit und Quartier. Geselligkeit ist angesagt im Einen und Geruhsamkeit im makellosen Ruhn. Ich träufle Wonne in die Weiten Meiner All-Präsenz und erhelle jeden Winkel Meines Gegenwärtigseins mit Licht von Meinem Lichte, Lauterkeit von Meiner Art und Seelenseligkeit von Meinem unerschütterlichen Glänzen.

2.5
Von Meiner Warte aus besehn, bedeutet Wach-sein das Erkennen des All-Einen in Mir selbst, als Akteur, Wanderer und surdotierter Wissensträger auf der Lebensbühne; Meine Werte überragen die von Fürsten, Königen und Würdenträgern jeder Art um das Unendlichfache, das in Mir gastiert.

Die Meisten merken nichts von dem Erhabenen und Wunderbaren, das in ihnen west. Nicht erfassen kann es der Verstand, doch in der Stille des Dich-selbst-Erfahrens weisst du plötzlich, dass du

Bist das allerfüllende Agens der Gottesgüte, als dem Ursprung allen Lebens.

2.6
Ist es Mir schon sehr daran gelegen, dass die Schwalben Winters in den Süden ziehn, so denk Ich auch, du solltest dich auf Meine Wärme, Heilkraft und Bewusstheit zubewegen. "Was du nicht suchst, wirst du nicht finden", sagt ein kluges Sprichwort. Ich aber sage dir: das Wesen Meiner Fülle brauchst du nicht zu suchen, weil du Mich schon Bist mit allen Konsequenzen und Begünstigungen, die daraus erstehn. Wirst du Meines Hierseins Glanz und Würde inne, öffnet sich vor deinem Seelenblick ein Bild von universenweiter Seinsgewissheit, wie von wunderbar gesättigtem und gloriosem Alles-Überragen. Du weisst, dass du dich voll Begeisterung und Liebeskraft im Sein befindest, das sich mit jederman auf Du und Du versteht und kennt nur das Motiv des Sich-aufs-Allerzärtlichste-Vereinens mit den Seinen.

Was hast du nun Ergreifenderes als Glück und Frieden in der Seele seelenvoll behütetem Quartier. Du darfst dich All-Erbarmer und Beweger der Gezeiten nennen, Sakrosankter und Beglaubiger des Einen, das da ist und Göttlichkeit und Glorie, Wahrhaftigkeit und Tugend atmet.

Und nun zum Lob der alldurchströmenden und allerwürdigsten geheimnisvollen Herrlichkeit der Sphären. Was Ich immer sinne und beginne, ist in ihr getan. Was lauter ist und redlich, hell und heiter, lichtdurchflutet und gediegen, ist von ihr, die alles gut macht und den Kräften der Unendlichkeit auch

Ruh gebietet, Seelensicherheit und Seligkeit in unnennbarem Frieden.

2.7
Suchet, was droben ist, lässt sich die Stimme des Seins vernehmen. Wandle im Lichte, ruft es dir zu und die Benedeiung des Himmels wird dir gewiss sein.

Wer wollte einer solchen Prophezeiung nicht den Weg bereiten? Doch den Erdenvölkern liegt es fern, an den Himmel zu denken; allzu nah ist ihnen das irdische Tun. Die Geschäfte summen und brummen und lassen die Liebe still weinen. Was glaubst du, dass es sei, was dich daran hindert Mich zu finden? "Nichts und alles", ist die Antwort. Aufgescheuchte Herzen suchen abzuklären, wer gemeint ist: Eben du und du in deiner Unbekümmertheit, um was die ferne, fremde Zukunft ist in deinem Leben.

Da nun greif Ich mächtig ein in deine Weltbezüge und rette, was Ich kann von deiner Geistigkeit hinüber in die neue Zeit, um sie mit auserlesnen Argumenten wieder zu beleben. Dein Bild von Mir soll sich in wunderbarer Klarheit des Erkennens über dir erheben, so dass es dir zum Ebenbilde dessen wird, was du dir Bist in deinem Dich-Begründen. Das ist nun das Erhabenste, was dir eröffnet werden kann in deines Schauens wunderbar gesättigter Manier. Es wird dir zur Gewissheit, dass du Bist ein unvergänglich geisterfülltes Wesen, das sich in absoluter Übereinkunft mit dem Sein befindet, das es ist und ewig bleiben wird in seelenvoller Dankbarkeit und namenlosem Frieden.

2.8
Definiere du, Mein Lieber, was du von Mir hältst und mache keinen Halt vor Ungebührlichkeiten, die du Meinetwillen leidest, denn sie stärken deinen Willen und lassen dich geduldiger hervorgehn aus bestandnen Lebensqualen. Schüttelst du das Haupt, so gibst du Mir zu wissen, dass man Göttliches beileibe keiner Menschenmeinung unterziehen soll.

So wisse denn, Ich Bin das Wesen aller deiner Hoffnungen und Liebesstrahlen, dein unendlich wissendes Idol der Stärke, das dir Seelenkraft verleiht und Bin das Eine, Gütevolle in den Vielen, der Liebende Bin Ich, der duldet und verzeiht und der dich wohlbehalten führt in die Gefilde der Unendlichkeit.

2.9
Wer da? Ich stamme von den wunderbar beschaulichen und seelenvollen Regionen, wo alles locker ist und lieb und die glückseligen Gesichter sich im Ringelkreis die Hände halten. Wann endlich bist du wohl bereit und klug genug dasselbe auch zu tun und lächelnd und galant die Geistesarme hochhältst, um zu winken und zu blinken und im wunderbar geklärten Seinsbewusstsein zu vibrieren.

2.10
Was machst du nur? Willst du dich endlich edelmütig Meiner Weisung fügen? Sieh, wenn du handelst, handle Ich mit dir und weisst du das, dann ist es weiser, Mir den Vortritt einzuräumen auf des

Handelns sinuöser Spur. Unendliches will Ich dir väterlich vergeben, Bedeutendes in deine offnen Schalen legen. Erweise Mir Geduld und Liebe, so wie Ich sie dir verleih und du wirst einer von den Auserwählten, denen Mein Beehren und Belehren, Gut- und Seligmachen gilt von innen her.

Willst du wissen, was Ich hiermit meine? Das sagenhafte Seinsszenarium, an dem sich Götter, Menschen und Gelehrte füglich und vergnüglich weiden mögen. Es sind nicht Theorien, die Ich hier vertrete, doch die ganz reell gelebte Wirklichkeit des Seins, die unendlich über allem steht, was du weit unten noch für sakrosankt und sicher hältst in deinem Wähnen. Hier oben werden Weltenpläne vor den Blicken der Erkenner aufgezogen, worauf Ich ihnen haarklein deren Sinn, Salut und Geisteswert erkläre. Sie brauchen nur devot zu schweigen und in Andacht zuzuhören, um des Himmels seligmachende Verkündigung und Botschaft deutlich zu vernehmen.

So ist Wachheit auch in dir vonnöten, um den Glanz, den Glamour und die Güte Meines Götterreichs zu sehn und voll Innigkeit zu respektieren. Trag in deinem Herzen fort und fort dies Bild von Meiner Fähigkeit und Grösse, überwältigende Dinge wahrzumachen akkurat in deinem Leben, wenn du nur unendliches Vertrauen in Mich hegst und Mein herzinniges Bestreben, gut und gütig, situationsgerecht und fair zu sein in Meinen Dispositionen.

Kunstbeflissen, kapriziös, geschmeidig und gerecht Bin Ich den Meinen gegenüber, wenn sie nur die Ruh bewahren und sich damit in die Region von Meinem Einfluss und Relieve begeben. Gotteskräfte lasse Ich in ihnen wachsen, wie gestalterisches Flair von unerhörtem Charme und Reichtum, dass sie sich daran erbauen und bewähren mögen, einer Wesenswelt zum Zeichen und begeisterten Erglühn.

Auch dein Geschick Bin Ich bereit zu restaurieren, sowie du Meine Nähe suchst und dir bewusst machst, was du an Mir hast und was Ich an dir habe, denn die Träger Meiner Wissenschaft und Weisheit sind dazu berufen Meines Willens makellose Ausgestalter, Herolde, Minister und Ergriffene zu sein im Dienste der Entfaltung und Gestaltung weltbedeutender Maximen.

Willst du glücklich sein so ist es dies, dich im Bewusstsein des All-Höchsten zu bewegen und so sein Part und Ritual, sein immergrüner Spross und seines Gleichmuts Rinnsal und Arom zu präsentieren.

Erachte dich als fähig, eine Blüte am Gesträuch des Ewigen zu sein und du gehst richtig auf der Spur zum Sein in Meiner Fülle, Heiterkeit und Wonne in der Wohnlichkeit Elysiens.

2.11
Glänzendes Wogenmeer des Geistes: Meiner Heimat Sinngedicht und Spiel. Überall die Mitte allen Seins Bin Ich, Mich ins Unendliche verstrahlend, Bin Mich selbst in namenloser Seligkeit und Wesensruh. Helle Heiterkeit und Frieden sind die Angelpunkte Meines Seins, aus denen Ich Mich, satt von Lauterkeit und Liebe, sanft verschwebe.

Vollkommen ungebunden, unumwunden und barmherzig an der Welt der Menschen ist Mein Tun, sie auferweckend in das lichterfüllte Reich der Geistessphären.

Ich unterweise sie voll Sanftmut und Entschiedenheit im Fach des Sich-Entfaltens zur Allherrlichkeit in Mir und Meinen Gründen. Warmen, seligen Gefühls soll, was sie sind, in Mein Bewusstsein steigen, indem Ich Mich der Sehnsucht ihrer Seelen öffne und indem die ihren offen sind dem Unaussprechlichen, das ihnen so geschieht. Sie sehen sich verklärt in neuen Dimensionen und gehören wunderbarerweis sich selbst, indem sie Mir gehören.

Was kann es Überwältigenders geben als das Glück, im reinen Sein zu stehn und sich erlöst zu wissen von jedwelchem Trug, jedwelcher Unbekömmlichkeit und aller Wirrsal der Gedanken, die sich pausenlos ums Weltenfeste drehn. Du weisst, es geht ein Gott in dir spazieren und verstehst es, Ihm vor allem andern zu gefallen und Ihm in Verehrung und holdseligem Danken deines Dich-Erlebens Knospe darzubringen, ohne Fehl und Tadel, mit der reinsten Zärtlichkeit und Süsse, die dir eigen.

Das ist nun deines Herzens weise wissend Wohl und wird es ewig, unerschütterlich und liebreich bleiben. Du Bist, wie Ich, das Sein geworden und ergehst dich leis und feierlich in den geschwungnen Gärten des Elysiums, derweil dich laue Lüfte der Begeisterung am Sein und Leben lind umwehn. Es läuten dir die silberhellen Glocken der Holdseligkeit des Himmels froh den Herzensfrieden ein, den du so lang entbehrt und der nun deiner Reise Ziel bedeutet, wunderbarerweis in Meinem. Sei getrost wie nie zuvor und wiege dich im Atem der Unendlichkeit in Meiner Güte, Wohlfahrt, Wonne und Erhabenheit am grossen Werk, in das du einbezogen. Ich in dir und du in Mir, ununterscheidbar als das Eine, das da ist und das in sich die Sterne funkeln sieht und der Erhabenheit des Universums seine eigne beifügt, Gleichmut glänzend, ewige Gewähr, Bewusstheit, Seligkeit und namenlosen Frieden.

2.12
Meine Absicht ist das Muster für dein Handeln in der Welt und an den Charakteren, die ihr innewohnen. Halte dich an Meine Regel wo du kannst, damit die Evolution sich so entfalten kann, wie Ich es will und dass die Wesen Meiner Zucht und Wahl daran gewandt und glücklich werden.

Mein Reich soll eine Zierde unter allen Reichen sein, die sind und sich in eigner Kompetenz, Charakteristik und Beflissenheit zu etablieren suchen. Schau, in der Tiefe wallen Nebel und verhindern so den Blick in Meine reinen Höhn, wo alles sich in himmlischer Verspieltheit, Grazie und Liebenswürdigkeit vollzieht. Was willst du Besseres, als dich voll Eifer und Genie in diese Region begeben, wo die Treue zu dir selbst und zu den Werten, die Ich propagiere, wunderbare Früchte zeitigt, die dein ganzes Glück und deine Würde, deinen Seinsgewinn und deine Lebenswonne generieren. Wisse, dass Ich Mich in aller Welten Wesen schlicht und liebevoll verborgen halte. Doch kann Ich nur in den Verständigen und Mutigen zum Vorschein kommen, als der Vater aller Dinge und der Gott der Liebe, der alles gut und wohlgefällig machen will seit aller Zeit im Hier und Dort, im Unten, Oben als im Überall der Welten, deren Meister und Garant, Behüter und Beglücker,

Heiliger und Heiterer Ich Bin in ewig lichterfüllter Harmonie.

2.13
Im Allerhöchsten lässt sich trefflich wohnen, weil der Nimbus Meiner Gegenwart sich so erfüllt und Meine Pläne für die Menschenwelt gebührende Beachtung finden. Was Ich erwäge, setzt sich dann am besten um, wenn die Gelegenheit zur Tat im Jetzt ergriffen wird und damit reine, reife Früchte zeitigt im gesegneten Allhier.

Dein Drang zur strahlenden Vollendung muss jedoch von Mir bewusst, beständig und verwegen eingefädelt und verwirklicht werden. Keine Drückeberger kann Ich dulden in des Seins ereignisvoller Szenerie, von Meiner Gunst und Inbrunst angefacht und ausgetragen.

Spinne du dein Fädchen recht gelassen und galant, doch ziehe es aus Meinem Rocken, dem es Qualität und Nützlichkeit verdanken wird in lukrativen Massen. Inkognito vor Mir erscheinen wollen lohnt sich nicht, weil die Gesetze Meines Alldurchdringens griffig sind allüberall, wo Ich agiere und regiere, demnach auch in dir. Der Kluge reist in Meinem Zuge, will das heissen wie auch: des Versteckens ist ein Ende allsobald wie du, den Ernst der Lage kennend, voll Ehrfurcht vor Mir deine Kreise ziehst im Unergründlichen.

Meinetwegen sei, was immer du dir selbst erlaubst, getan, derweil es doch nur einen letzten Zweck und Zwick und Anhalt geben kann und der Bin Ich in lauterem In-alle-Welt-Zerfliessen. Bei Mir gemeldet bist auch du und musst die Lebensteuern ungesäumt bei Mir bezahlen. Dafür erhalt Ich dich mit Vehemenz und Wunderkraft im Guten und begleite deine Tage als ein aufmerksamer, stattlicher und liebender Gespan, der allen deinen Wünschen Wirklichkeit verleiht, wenn auch zumal auf siebenfach gewundnen Pfaden. Mach es dir zur Pflicht, Garant für Meine Gegenwart zu sein und sei, was Ich dir Bin, getrost und seinsgewiss auch für die andern. Lebe wohl in deinen Gütern und sieh zu, dass es die Meinen werden, so wie sie's schon sind im höheren Betrachten deiner Situation. Sei Mein, so wie Ich dein Bin, in untrüglichem Verschmelzen und gewahre deine Würde als Mein Windspiel, Widerpart, Gewaltiger, Verklärter und Kumpan. In die Länge, in die Breite ziehe dein Gewissen von der Welt, in der du Bist, bis es zum Seinsgewissen wird im holdseligen Erlangen Meiner Gottesgnaden.

2.14
Die Summe aller Summen ist das Höchste, das nur Ich erreichen kann in Meiner zählerischen Akribie. Das ist, weil Ich zugleich das Allum-fassende, wie das Aus-Mir-heraus-Geborne Bin in Universenweiten. Unerschöpflich Bin Ich in dem Sinne, dass Ich Mich stets ändere und Mich in gleicher Weise nimmer wiederhole. Nur für einen Augenblick sind alle Dinge Meiner Welten wie sie sind, im nächsten schon ist ihre Wucht und Zärtlichkeit gebrochen und eine Andre tritt an ihre Stelle. Das macht das Leben so verschwenderisch und süss und sauer, saftig, spröde und real. Was du davon ergreifst, ist deine Sache: sei's Faszination, sei's Überdruss vom allzuvielen, das dich überflutet und in dem du dich verhedderst und verhaspelst immer mehr.

Ich hüte Mich davor, vollends aus Mir hinauszugehn, indem Ich Mich geflissentlich im Sein erhalte, das der Urquell, die Begründung und das Leben aller irdischen Erscheinungen und Ausgeburten ist. So Ich denn Meine absolute Rarität und Eigenart behaupte, fällt es Mir leicht, erhaben und durchlaucht, beständig, delikat und seinsgerecht zu bleiben in der Fakultät des Einen, Wonnevollen, das Ich niemals unterschritten habe.

Somit bist auch du in deiner innersten Gemächlichkeit unübertroffne Ruh des Ewigen im Sein und sakrosankten Seinsglückselig-Bleiben. In Meinen Zustand der allherrlichen Beschaulichkeit gebettet siehst du dich, sowie es dir gelingt, ihn zu erkennen und darin unerschütterlich und vollends aufzugehn.

Der Weise weiss, dass er unweise ist im Weltensinne und weise doch in Mir von allerwertestem Gepräge. Demnach ist es lobens-wert, liturgisch und sakral, sich in Meinen Qualitäten zu ergehn und förmlich Mich zu sein im Bann von genialen Überlegungen, wie auch im Reichtum der Gefühle von unübertroffner Zartheit und gar liebevoller Himmmelsharmonie. So Bin Ich, darfst du dir getrost ins Seinsgewissen sagen, indem du alles übersteigst, was du dir einzubilden wagtest, um in den Höhen der Unendlichkeit das Fest der reinen Freude und Ergriffenheit zu feiern ewig, heiter, lichterfüllt und herzensfroh.

2.15
Des Himmels Grazie hält Mich auf Trab im Seinsgewinn, den Ich in ihr entzückt erfahre. Wie ist doch alles leicht und liebenswert und schön für ein

Bewusstsein, das sich ins Unendliche erhoben, denn es sieht sich dort so sicher und beschwingt, verständig und hell jauchzend, wie am ersten Schöpfungstag. Wie kann es nur geschehen, dass ein Menschenwesen wieder ganz natürlich zu sich selber findet irgendwo in Universenweiten, götterlicht gesehn? Das ist, weil es sein Sein erkannt hat, als das Eine, Reine, Freudenvolle, das da ist und, seiner selbst bewusst, gottselige Adlerkreise zieht in seinem heilgewordnen Leben. Was ist denn Freiheit, wenn nicht dies an Eines nur Gebundensein: das götterherrliche Agens der Güte und Gelassenheit, mit denen Ich voll Wonne operiere.

Allen wende Ich Mich zu in der Getragenheit der Erdentage, wie in lichterfüllten Reichen jenseits menschlicher Begriffe, wo das Wirkliche in namenloser Sensibilität und Schönheit sich ergeht. Es ist All-Liebe, die die Wesen Meiner Zucht und Zierde fördert und belebt, sich selber finden lässt und sie beglückt in ihrer Wohlfahrt, dass sie vor Begeisterung strahlen.

Gezielt und innig halte Ich den Nimbus aufrecht, der sich um Mich breitet, um allen doch Gelegenheit zu geben sich ein eigen Bild zu machen von den Tiefen, Höhen, Sternenweiten und Unendlichkeiten, die sich in Mir öffnen und den Seinsbeschauer mit Beschlag belegen, flügelleicht und wunderbar.

Halte nun mit Vorbedacht und Andacht mit dir selber diesen Dialog: Soll Ich oder soll Ich nicht zu einer Ansicht Mich bequemen, die von ganz oben majestätisch und galant, markant und lichtvoll in das Untre sich verrieselt und dabei bedenken, dass Ich alles Bin, was da geschieht in unvorstellbar gloriosen Massen? Wenn du weise bist, brauchst du nicht lang zu wählen, zögerst du, entgleitet dir das Wunderbare, das du Bist und schon steht ein neuer Auftrag dir bevor Mich zu erreichen.

2.16
Nun Bin Ich da, wo niemand ist und alle sind in einer unwahrscheinlich wohlgefälligen Synthese Meiner selbst, verglichen mit der Deinen. Das ergibt die Wahrheit von dem, was Mein Metier und Mein Erleben ist, als Mensch und Gottnatur in einem.
Dicht an dicht sind die Gedanken, die zu einer solchen Perspektive führen und dem Leben einen runden, mustergültigen Aspekt verleihen. Es geziemt sich dir, zuerst dein Sein mit aller Schärfe zu bedenken, um dann in Gedankenlosigkeit das zu erkennen, was du wirklich Bist, mit einem wunderbaren Aufwall reinen Glücks versehn. Gang und Gäbe ist es, solche Klarsicht mit dem Hinweis abzutun, dass eine überreiche Phantasie zu solcher Euphorie und Übertreibung führe. Wer so denkt, muss eben an sich selber erst erfahren, wie die Dinge des Allherrlichen in Wahrheit liegen. Dazu ist nur zu sagen, mach dich auf den Weg und folge Meinen Zeichen, bis die Gunst der Stunde das Geheimnis deiner selbst vor dir enthüllt und deinem Seelensein Salut und Sicherheit, unendliches Bedeuten und den Wohlklang seidenweicher Wonne und Gelassenheit gewährt.

2.17
Gross gewachsene Gedanken sind zu transponieren ins Bekömmliche der Menschensphären. Es geht um viel, wenn Ich Erhalten sage einer Wesensart, ob deren Zucht und Ziel schon aber-

millionen Jahre hingeflossen sind in langgedehnten Wogen. Was ist nun das Fazit jeder Sorte Aufwand, wohlbeherzter Tat, des triumphierenden Begeisterns und dem glühend heissen Weh darin? Ein ungeheures Potential entfesselter Gewalten, deren aberviele sich in Egoismen winden und sich als Verführte keinen Deut um einen Ausweg aus dem Labyrinth missratner Wünsche scheren. Doch gibt es auch genug zutiefst Vertrauende in eine Geistesmacht, die über allem steht und die in stetem Wachen und Beleben, liebevoller Akribie und Wissenschaft des Ewigen die Evolution vorantreibt in den Menschensphären. Diese sind es, deren stetes Hoffen Flämmchen treibt, die ruhig und geheimnisvoll dieselbe Geistesnacht erhellen, die die Ahnungslosen zu verschlingen droht.

    Das ist der Grund, weshalb Ich in der Schar der Führerseelen Meinen Einfluss geltend mache und sie mit Ideen höchster Genialität und Durchschlagskraft verseh, um durch sie die götterlichte Richtung vorzugeben für ein erspriesslich liebevolles Vorwärtsgehn.

    Das heisst, Ich bringe das "Ich Bin und bleibe" aufs Tapet und untermale Mein in jedem Wesen wirkendes Potenzial mit soviel Verve und Überzeugungskraft, dass mählich immer mehr Vernünftige von ihrer Fülle zehren. Sie schwenken ein auf Meine Bahn der Gottesfürchtigkeit und Sitte, wie der Erkenntnis, dass sie sind Mein Sein und Wesen und dass nur dieser Wert genügt, sie dort hinaufzuheben, wo Frieden und Verständnis, Liebe, Heiterkeit und Seelenwonne walten. In diesem Sinne ist es dir anheimgegeben täglich, stündlich das beglückende Ich Bin zu intonieren, dessen unerschütterliche Grazie und Heilkraft - deines

Selbstes Gotteswürde sichtig macht und dir den Weglauf öffnet ins durchlichtete Elysium.

    Du schweigst gerührt und selig vor der Einsicht, dass dein Sein das Sein des Allerhöchsten ist und ewig bleiben wird ob allen Hemmnissen und Menschennöten. Sag zu und lass damit die grosse Wende Gottes in dich fliessen; ermanne dich zur heldenhaften Geistestat und du Bist, allwie in eine neue Welt getragen, voll Zuversicht und Gründlichkeit, Serenität und Wachheit fähig, die erhabne Universenwelt herzinnig zu geniessen.

2.18
Wie denn, Geschöpfe sind Geschöpfe so und so, doch geht Mein Wille dahin, sie ins Bewusstsein des unendlichen Seins zu erheben. Die Interessen derer gilts zu wahren, an die Ich Mich seit Urbeginn vergeben habe. Geschöpf und Schöpfer zugleich sein, ist die akute Situation, in der sie sich befinden, unbewusst, doch dazu ausersehen, ihres wahren Seins gewahr zu werden in der Kunst des inniglichen Recherchierens.

    Wenn sich etwas für dich lohnt, Mein liebenswürdiger Gelehrter, ist es dies: in einer Feierstunde vor dir selbst zu schweigen, um, dem Einfluss Meiner Hochkultur anheimgegeben, innerlich zu wachsen all so lang, bis dir die Sicht, auf was du Bist, gelingt in deinen allerbesten Tagen. Da ist es dann, dass du dich aller Lebensmühsal ledig siehst und vor dir selber als das Ewige erscheinst in wunderbar gesättigtem und liebevollen Selbstgenügen. Welch ein Fest des gloriosen In-dir-Auferstehns zum Sanctus Spiritus mit allen

Attributen, die Mir eigen sind im Geistesraum, den Ich erfülle und aufs allerschicklichste vertrete.

Das ist nun die Geschichte, die nur der wahrhaft erkennen kann, der in ihr selber wahr geworden ist aus Heldenmut und Gnade, unerbittlicher Geduld und Reinheit des Gewissens an sich selbst in meisterlichen Zügen. Du schwimmst in Freuden, wenn dir dies geschieht und strahlst die Wonne deines Herzens aus wie eine Sonne, deren Neugeburt Mich ehrt und Mir bestätigt, dass sich Meine Dispositionen mählich als gerecht erweisen in der Welten siebenfachem Sinn und Flor.

All dies kann nur vonstatten gehn, wo Klarheit herrscht darüber, dass des Menschen wahres Wesen geistiger Natur ist und damit den Rang des Göttlichen bekleidet, womit es selig, frei, rechtschaffen, überzeugt und majestätisch über sich verfügen kann.

2.19
Um, was Ich Bin und habe, zu vertiefen, geh Ich gütestrahlend aus und kehre reich befrachtet mit allweiten Herrlichkeiten wieder. Mein Aus-Mir-selber-Gehn hat sich Myriadenfach gelohnt und wird sich immer weiter lohnen, weil es Mich befähigt, immer seinsbewusster zu agieren in der Skala Meiner Werte und Wahrhaftigkeiten.

Eine Seinsgeschwisterschaft begründen will Ich mit all jenen, die in sich Mein Ebenbild und so den Quell der Liebe und Gottseligkeit gefunden haben.

Nach dem Höchsten trachtend, gingst du jahrelang voll Sehnsucht und Verlorenheit einher und bist nun seinsverständig und glückselig, hochgemut und satt von Zärtlichkeit allzeit in Ihm aufs Trefflichste geborgen.

2.20
Reform ist angesagt in allen Zellen und Zersplitterungen Meines Seins von Gottes eminenten Gnaden. Das Gute wird mit Besserem ersetzt, das Rohe durch Geschliffenes und die Gelehrsamkeit vernimmt aus Meinem Munde alles, was ihr frommt, um in ein höheres Bewusstsein aufzusteigen. Ich lade dich und alle dazu ein, das Einmaleins der Weltentüchtigkeit zu lernen, das da heisst: Bin Ich? Ich Bin. Wo Bin Ich nicht? In allen so geliebten und gehätschelten Illusionen. Sei in dir still und horch, wenn Ich dir sage: du Bist nicht, solang du Meines Wesens Sein und Drift und Wohlfahrt nicht in dir erkennst und deinem Dich-Behüten. Was heisst wach sein, wenn es nicht der Auferweckung Glorie bedeutet in Mein Reich der hunderttausend gönnerischen Gnaden? In allem Ernste leg Ich dir die Frage vor die Augen: willst du wirklich sein oder ziehst dus vor, in Unbewusstheit und unendlichem Geplänkel zu verharren in der Strategie der Selbstgefälligkeit, in die du leichterdings hineingeraten?

Einsicht nach oben will Ich nennen, was deiner Sehnsucht nach Wahrhaftigkeit und Würde Not tut in der ständigen Zerfahrenheit und Wirrnis deiner Lebenstage. In unerschöpflicher Grandezza geht es Mir darum, dich aufzuklären über Mein erlauchtes Gegenwärtigsein in dir und deinen Ahnen. Merke dir, was es bedeutet, Meines Seins Unendlichkeit in dir zu tragen und damit die Fülle allen Lebens, Lichtens, Liebens und Bestehns. Heilig, heilig, heilig sollst du vor Mir singen in der Freudentage Mass und Ziel, die dich in eine Welt des Glücks und der Getragenheit entführen. Eile Meinem Sein und Sinn und Sagen voll Begeisterung entgegen und sei, was Ich dir Bin, in wunderbar beglückender Bewusstheit deiner selbst im Universensein der Welten.

2.21
So steh Ich denn vor Mir als der unendlich Weise und Gesegnete von eignen Gnaden, als das Sein, dem alles innewohnt, was ist und was die Weltenwesen an sich tragen. Eine blanke Bürgschaft Bin Ich für ihr Wohl, ein Capriccio der Unendlichkeit für das, was sie sich unbedingt und meisterlich erringen wollen.

Wessen immer Ich Mich zeihe, zeihend wird es wahr und immer hab Ich Mir damit noch strahlenderen Glanz verliehen. Sieh die erhabene Geschwisterschaft der Sterne und erklär dir, was sie wirklich sind. Es wird dir immer ungewiss erscheinen, eh du nicht auf eine Götterwohnstatt tippst in deinem all so menschlichen Kalkül.

Nun ist es Mir daran gelegen Harmonie zu schaffen, wo Ich immer Mich erlebe und bewege, blitzblank Mich versinne und Salut und Weisheit übertrage auf die Weltenbürger Meiner Wahl. Noch so gern entpuppe Ich Mich als der gütevolle Vater aller Dinge, der da für sie Sorge trägt in wunderbar beglückendem Gehaben. Als ein Hüter der Gerechtigkeit muss Ich den Säumigen verbindlich und empfindlich auf die Finger klopfen, um in ihnen Besserung, Erkenntnis und Bescheidenheit zu aktivieren. Einfach ist es nimmer, Entitäten aufzubauen, die von Menschengüte, malerischem Miteinander-Umgehn, Liebenswürdigkeit und Sanftmut was verstehn. Feierlich gelobe Ich Vertrauen in die

Einsicht, dass das Leben eine Quelle ist der Freude am bewussten Sein und eine Strecke Weges für die Menschen, um Gehorsam, Heiterkeit und Himmelsweisheit zu erlangen.

2.22
Um Fulminantes muss Ich nie besorgt sein, denn was glänzt in der begnadeten Natur, sucht seine Rechte immer durch die Wucht des Auftritts oder durch die Vielzahl zu erreichen. Es gilt für dich, die Lebensdinge zu durchschauen und an ihnen abzulesen, wie unendlich vielgestaltig und aufs Allerfeinste ziseliert sie sich dem wachen Auge präsentieren. Wer kann das alles so genial und glutvoll, meisterlich und minutiös erfunden und gar liebvoll ausgestaltet haben? Ich allein in der Befördernis der Zeiten und dem Ergreifen der Gelegenheiten, wahrhaft grandios zu sein im Umgang mit den Riesenkräften, die Mir eigen.

Mein Sinnieren liest sich wie ein schicklicher Roman, der alles darstellt, was da ist und was Karriere machen soll im Bund mit allen Meinen Bürgen und Begeisterten am Sein und liebelangen Leben.

Durchtränke dein Bewusstsein mit dem namenlosen Zauber der Gegebenheiten und erfahre, was du Bist in ihnen. Ich verschaffe dir Bedeutsamkeit und Würde in den Sphären Meiner Grazie und Huld am täglichen Geschehn und führe dich galant und glorios dahin, wo Meine unbeschränkten Güter sich bewusst und innig dem entzückten Seelenauge präsentieren.

2.23
Behutsamkeit und liebespendendes Taktieren prägen Meinen Sinn im Wettlauf mit der Zeit, um alles wieder gut zu machen, was im Lauf der Evolutionen modrig werden musste, um Neuem Raum zu schaffen in des Lebens virulenter Vorwärtsstrategie. Bewusst und heiter zieh Ich Meine Bürgen himmelan in ihrem Ringen um Wahrhaftigkeit und selbsterkennendes Gefühl. Ich lasse Wellen reiner Zuversicht und makelloser Harmonie durch Meine Weiten fahren und beglücke damit alle, die in Meiner allumfassenden Präsenz und zarten Überschwänglichkeit ihr Heil und ihre Zuflucht suchen.

Hast du genauestens begriffen, um was es eigentlich in deines Daseins Fülle und Phantastik geht, lässt du nicht locker, um es tatenträchtig, glorios und sieggewiss auch zu erreichen, Meinem Vorbild und Salut gemäss. Gehst du gedankenvoll und heldenhaft voran, wird dich der Segen Meiner Diener und Garanten hilfreich und markant umwehn, bis sich erfüllt hat, was in deines Herzens Beuge der Erfüllung dienlich war.

2.24
Nun ist es nicht nur das gewissenhafte Helfertum, dem Ich in Treue zu Mir selbst und allen seinsgeschaffnen Wesen meisterlich obliege, denn es gilt zudem, ihr Seinsgewissen so subtil, harmonisch und entschieden Meinem anzugleichen, bis Identität erreicht ist in unsäglichem Frohlocken beiderseits ob der gelungenen Synthese. Denn vor dir selber stehst du als ein Held der Menschen-göttlichkeit und Grazie des Himmels da, in freigewordnem

Über-dich-Verfügen, Meinem gleich in wunderbar gesegnetem Betragen.

So sei es und so wird es sein in Meinem Liebesgarten, wo die Blümchen der Holdseligkeit das Aug entzücken und die Minne Gottes Hochzeit feiert mit den aufs Freudenreichste, Lieblichste und Innigste Begabten.

2.25
Niemand wird es Mir verargen, wenn Ich Meines Universenglückes Pracht dem Ohr der Erdenwelt geziemend offenbare. Ins Feld geführt sei damit auch die Leichtigkeit, mit der Ich Mein Gedankengut und Meine wunderbar gelassenen und herzensguten Seinsgefühle pflege. Da Bin Ich selbst Mein Friedensruf und Meine vollnatürliche Entfaltung wunderbar gesegneter Gefühle der Barmherzigkeit dem Leben gegenüber, das Ich Mir erschuf. Grössre Sorge kann's in Mir nicht geben, als die um den Wohlstand Meines Anhangs in den Lebenswelten, ebenso wie in der Pracht Elysiens, die ist ein lichter Flügel Meiner selbst in sagenhaften Geistesgründen.

Man halte Mir nicht vor, Ich sei verschwiegen, währenddem Ich alles wunderbar Gediegne Meiner selbst in Himmelssphären offenbare. Hier ist Mein Hort, dem schliesslich alles angehört, was Ich ersonnen und begründet habe. Hier tauschen sich die Seelen im Ihr-Sein-Erlauschen aus, und alles Manifeste ist von sagenhafter Klarheit, Stimmigkeit und Liebenswürdigkeit geprägt. Da kannst du, was beseelte Heimat ist, im Wonnesein erfahren. Die ewige Heiterkeit des Liebeshimmels Gottes hüllt dich ein und spendet Sanftmut, überirdische Holdseligkeit, verklärte Wachheit, Munterkeit und märchenhafte Ruh.

2.26
Jeder Schritt voran in Meinem Sankturarium bedeutet Aufbruch, Aufschwung, fabelhaftes Laborieren und Bestehn in Weltzusammenhängen, deren Rollen und Gedeihen Meinem Götterwillen untertan. Ich akzeptiere niemals Halbgesottenes Lauwarmes oder Zugeknöpftes in den Räumen Meiner Gunst und Kunst am Riesenwerk, das Ich galant und kennerisch vollbringe. Ich schöpfe und begiesse und die Felder Meiner Übereinkunft und Gewähr erspriessen in der mannigfachsten Weise, Meiner Schaukraft, Meinem Sinnspruch und Gedankenarsenal gemäss.

Ich anerkenne, was sich schickt und schicke rabiat bachab, was Meinem Anspruch nicht genügt in der Äonenstrenge, die Ich Mir längstens zugeeignet habe. Das Kanzelwort Bin Ich, von dem die wohlerwogenen Impulse wahrer Klugheit donnern, das Orakel raffinierter Doppelsinnigkeit, das für die Guten Güte, für die Schlechten Züchtigung bedeutet. Was eben der Erkenntnis harrt auf deiner Seite ist, dass Ich als Oberhaupt in allen Häuptern residiere, die da sind und Meinen Wandel mitzuwandeln haben. Weil sie Mich sind, kann in Wahrheit niemals etwas Fremdes ihrem Willen Richtkraft und Paroli bieten. Alles Mindere, das sie touchiert, ist ein Zurückgebliebenes, das noch in Meinem Weltensein rumort und überwunden wird und ausgestossen, wie die Schlacke aus dem Reinsud Meines göttergenialen Glutens.

Ein Habenichts im Menschensinne kann in seiner Resonanz und Sittsamkeit, Wahrhaftigkeit und Güte besser zu Mir stehn, als ein gerissner Gaukler, Lebemann und Taschenspieler von der Sorte, die ihr In-Mir-Sein schon längst verschlissen haben. Ich aber halte Mich in jedem Seinsmoment vollkommen meisterhaft und spielerisch im Zügel. Bewandert in jedwelchen Künsten wirke Ich beständig und dezent Mein Wesensein der hunderttausend Wohlgefälligkeiten und beglücke, was Ich Bin, in der umfassend dargestellten Einheit mit den Vielen. Gott ist gut und was nicht gut scheint, ist dem Göttlichen entfallen, gradewegs ins Reich der Illusion, das eine Trübung des Bewusst-Seins präsentiert.

Ich aber Bin das Sein und Bin zugleich des Nichtseins illusorisches Geplänkel, Bin das höchste Glück und zugleich alles Leid der Welt am Saum der Glorie, die Mir eigen. Wer es fassen kann, der fasse es und steige mit Mir auf in die Gefilde reinen Geistseins im Elysium, zu den Verklärten, die, jeder Sorge bar, in Anmut und Entzücken sind, was Ich Mir Bin, von Ewigkeit zu Ewigkeit: Das Sein, dem niemals etwas fehlt und das in liebevoller Wonne west und wirkt im reinen Lichte der Allherrlichkeit von eignem Glanz in wunderbar bewusst gewordnem Resümee.

2.27
Ist das die Blume, die Ich hoch verehrte, das der Kelch, des Süsse Ich wie nichts zum Trank begehrt? Ja, ja es winkte Mir das Herzensglück und wunderschön war, dass es bei Mir einzukehren sich

beehrte und damit eine freudenvolle Heimat bei Mir fand.

Wie sollte einer leugnen, was ihm so Vortreffliches geschieht im Saus und Braus erfüllter Genealogie seit Ururzeiten? Nicht läppisch Bin Ich im Erklären, wie förderlich und siebensinnig Ich noch jeden Vorteils Wirkkraft und Ranküre Mir verschafft und zugeschlagen habe. Des Bin Ich sicher, dass kein ander Reich und Reichtum je bestand, als Meins, sowie der Meine in des Universums Munterkeit und Harmonie. So ist kein Fürsten- oder Königshaus nur im entferntesten dem Meinen zu vergleichen, denn es schliesst sie alle in sich ein im Einen, das Ich Bin, und dem Ich locker zum unendlichen Erfolg verholfen habe.

Erwähnen will Ich, was in Mir und Meinem Sein Bemerkenswertes vorgeht in der Zeiten Fall und Fülle, die Mir eigen. Wisse, dass, das Ewige zu sein, ein Vorrecht ist von unschätzbarem Glamour und Gewinn, Respekt erheischender Galanterie und von unendlich reich dotierten Gnaden. Was fühlst du nun, wenn Ich dir auf den Kopf besage, dass du eben dieses selber Bist in deinem Urururbegründen. Sanft und silberhell wird es vom Staub der Generationen überzogen, der mit einem kräftigen Gedankenhauch hinwegzublasen ist, bis du in makelloser Reinheit wieder vor dir selber stehst, als Sein vom Sein, mit allen Attributen der Allherrlichkeit begabt und in das Götterreich erhoben.

Nun sinke nieder vor der eignen Majestät und mässige den Willen, mehr zu sein als jeder andere, der dir begegnet auf dem Erdenrund. Er weiss nicht, dass er ist, gesegneten Geschlechts und hocherhabenen Gefieders auf dem Haupte, das in alle Himmel ragt der Seinsbewusstheit und Glückseligkeit im wachenden Gemüte. Tränke dein bewusstes Dich-Erleben mit dem Zauberwort Ich Bin und bin das unergründliche Arom der Hoffnung auf ein Vorwärtsschreiten ins allgöttliche Revier. Dort ist Erfüllung alles dessen, was du dir ersehnst und ist Geruhsamkeit des seligen Gemüts in unvergänglich glorios gedankenlichtem Schweigen.

3
Genealogie seit Ururzeiten

3.1
In Freiheit ringen um den Geistespol, das ist die nobelste Devise aller, die da *sind*, um mählich das Bewusstsein ihres Seins in voller Blüte zu erlangen. Tiefsinnigkeit und Wachheit, fürstliches Benehmen und Erkenntnis der Gesetze des Elysiums sind vonnöten, um zu reüssieren auf der himmelhoch geschossnen Lebensbahn. Werdelust und Herzensglut, Tapferkeit und Inbrunst werden dir zum Sieg verhelfen in dem lebelangen Werden und Gewährenlassen auf dem Pfad der Hoheit der Gedanken und des Zähmens der Gefühle.

3.2
Liebe, ein Kennwort für das Wunderbare, das die Himmlischen in ihrem miterlebenden Gemüte tragen. So gewissenhaft und zärtlich sind sie, wenn es darum geht, aus Myriaden eine einzelne, zutiefst betrübte Seele aufzurichten und ihr neuen Mut und neue Lebensseligkeit in Fülle zu verleihen.

Noch sind die Tage der Rosen, wenn Ich bedenke, mit wie viel Charme und Herzensbildung, Liebenswürdigkeit und Dignität die engellichten Wesen sich den hingebeugten Seelen nahn, um ihr Bewusstsein sanft und sicher in den Zustand der Vertrauensseligkeit am Sein und Leben zu versetzen. Soviel an Friedefertigkeit und Güte der Gedanken und Empfindungen verströmt sich da vom Einen zu dem Anderen und lässt behutsam und dezent die Freudenröslein blühn. Es ist die Stunde wahrer Innigkeit, wenn solche Grazie geschieht am Seinslebendigen, das immer ist dem Himmelreich in aller Heimlichkeit und Hochgeborenheit aufs zärtlichste verbunden.

Gehab dich so, wie es die Engel wollen und du bist ins Geistgebiet gerettet, von dessen gütespendendem Arom die Heilung ausgeht und das Heil für alle wahrhaft gläubigen und wohlgesinnten Seelen. Diese sind gesucht im Reiche Meiner Gnaden und ihnen reich Ich liebevoll die Hand, im Geist gesehn, woran sie Halt und Himmelstrautheit für sich finden. Mehre du in dir des Seinsvertrauens seelenvolles Alphabet der Hoffnung auf ein unerhört Gefälliges, das dir und deinem Haus bevorsteht und erlabe dich am Sinn und an der Fülle der Verheissungen, die Ich dir leichten Herzens und Gewi-ssens spende, um dein Bewusstsein sanft und sicher in die Sphären des Elysiums zu ziehn.

3.3
Unser Stern im Himmelsgarten macht sich unwahrscheinlich schön und kündet Liebe, Wärme, Licht und Lauterkeit mit seinem überirdschen Strahlen. Gekonnt und würdig tritt das leuchtende Gestirn sein Handwerk an, den Himmel zu verzieren und die Nächte in Gediegenheit und Grazie zu tauchen. Was weisst du denn, dass seine Seinsgestalt voll Seele ist von Mir und dass es dir die besten Kräfte sendet seines lichterfüllten Wesens. So ist der Himmelsraum erfüllt und Myriadenfach durchströmt vom Wohllaut Meiner Liebestaten. Lebenspendendes Arom ist Meines Lichtes Sinngedicht und Strahlen in des Alls ereignisvoller Auserlesenheit und Harmonie.
Kannst du ermessen, wie viel seelenvolles Mich-Mir-selbst-Beweisen in dem götterlichten Sternkreis liegt, mit dem Ich das Unendliche durcheile? Kennst du den Namen für das Unwahrscheinliche, das

wunderbarerweis geschieht, indem Ich Mich dem Universum mit brillanter Liebeskraft verschenke? Dort in den Sphären stehn die Zeichen des lebendigen Gewährens von gottseligen Ideen, deren Seim und Güte dir und allen hochgebenedeit und segensreich, erheiternd und erfüllend zur Verfügung stehn.

So Bin Ich, was Ich Bin, allüberall in Meiner Konsequenz und Zartheit, Meiner Überschwänglichkeit und Rarität, als Sein vom Sein, zu dem Ich Mich mit Vehemenz und Innigkeit bekenne. Ich taste in dem unermessnen Geisteslicht Mich selber an und feire und befeuere, was Ich Bin, mit ausgesuchter Wohlbekömmlichkeit und glückverströmender Allüre. Mein ist Elysiens Port und Festpartie; in Meinen Sphären seh Ich alles sich mit freudestrahlendem Gewinn und Glamour ins Unendliche entrollen, galaxiengenial und seinsgalant in einem.

Wende dich Mir zu in deinen Wundern und lass dein Staunen und dein Herzgefühl voll Liebe, Zärtlichkeit und Gottesminne über Meine Himmel fahren. Ich lächle dir aus ihnen Meine Poesie des Seins entgegen und ziehe dich in Anmut, Grazie und Seelenseligkeit hinan, wo deine Freudentage sich im Rascheln der Unendlichkeit und in der Seinsglückseligkeit der Himmelsgeister liebelicht vollenden.

3.4
Wogegen du dich immer auflehnst, ist für Mich kein Thema, weil Ich niemals gegen Mich agieren kann. Das Eine wird das Eine nie bekämpfen, ebenso wie du dir selber gegenüber nicht gewillt bist, feindlich

aufzutreten. In Mir ist alles Wohl-gesonnenheit und Weisheit, Heiterkeit und Harmonie des Ewigen, an deren Geist und Sinn, Salut und Güte ganze Welten hangen.

Nun sieh dich vor, dass du kein Feindbild dir erschaffst an irgendeiner Stelle deines Dich-Verwaltens, denn im Wesensgrunde richtest du dich immer gegen dich in deinem eigensinnigen Tun.

Gehorche dem, der niemals Rache an sich selber übt. Es ist die liebevolle Anteilnahme an dir selbst, die deine Welt zusammenhält und alle Missgunst und Verschiedenheit lässt fahren. Ich erhebe dich in Meinen Reichtum der befriedeten Gewalten, der Gerechtigkeit und Einigkeit im Schoss der Gottheit, lichtgebadet, wonnevoll und schön.

3.5
Gibt es etwas Kräftigers und Liebenswürdigers zugleich als Mich, so will Ich's gerne von dir hören. Es balgen sich, es kalben sich die Geister um ein Stück kupferhaltig Land, ein Schürfrecht, eine vielversprechende Oase, und Ich frage Mich in allem Ernst: Was habe Ich damit zu tun? Ich Bin es nicht und Bin es doch je nach der Ferne oder Näh von der Ich das betrachte, was da *ist*, in seinen Liebenswürdigkeiten und Querelen.

Eine Philosophie des Seins müsste man schreiben, denke Ich, um zu ergründen, wie viel Unbewusstes und Bewusstes existiert im Universenraum, den Ich mit sinngeladner Akribie im wundertätigen Äonenlauf für Mich gebildet habe. Bewusstsein ist dabei schon immer Meines In-Mir-Handelns Diktion und Motivation zum Grandiosen, dem Ich

Meine besten Kräfte leihe im Bereich des kosmischen Kalküls.

Wäre Mir des Schaffens Fertigkeit und Tarantella fremd, Ich wüsste nicht, woran Ich Meine Freudenstürme finden könnte im gottesbiogra-phischen Geplänkel vor Mir hir und dennoch träume Ich vom Inbegriff des Herzensfriedens, der Mich in des reinen Seins Unendlichkeit beseelt, wie von der sonderlichen Wonne, die die Zärtlichkeit und Trautheit, Ebenmässigkeit und Heiterkeit des Ewigen gebiert.

3.6
Aus dir selbst heraus muss strömen, was von Mir ein Zeichen ist des wunderbar gesättigten Begnadens. Hüllst du dich in Schweigen, schweige Ich nicht mehr und teile dir die Worte zu, die deinem Sinn und Geiste angemessen sind, um das herauszustellen was du Bist und was Ich Bin und was wir sind in der Gemeinschaft allen Seins, die wir als Exponierte kunstgerecht vertreten.

Bist du so, heisst das noch lange nicht, dass du's auch weisst, mit einem Schürfrecht für Allherrliches versehn. Da ist's an dir, den Spaten anzusetzen und Gemeines wegzustecken in der Andacht vieler Jahre, die Mir gelten soll aus redlichem Begier.

Einmal wirst du keck und kühn erreichen, was Ich will in dir und deinen Angelegenheiten. Über jeden deiner Schritte hab Ich Buch geführt in dir, derweil du vieles noch verdarbst in blindem Wüten. Doch nun ist taufrisch Frieden angesagt im Reiche deiner Güter und bewusstes Laborieren und Sinnieren durch den Tag. In Mir geborgen nimmt dein Wesens Wissenschaft allmählich Meine Färbung und

Verbrüderung an und lebt dann in der Wahrheit Meines Seins und Meiner Wirklichkeit, schlicht und gediegen, reich an Werten überirdischer Prägnanz und in die Traulichkeit der Göttersphären eingewoben.

3.7
Mein Bewusst-Sein ist gebreitet übers wunder-bare, sommerliche Sternenmeer, das Ich seit eh und je begeistert in Mir fühle. Es spricht sich aus in der allweltlich kosmischen Gebärde himmlischer Verfügbarkeit, wie Ich sie schauend und bewusst erlebe. Hast du begriffen, welche Chance für dich darin liegt, dass Ich, in deinem Wesen wohnend, gütevoll und weis dein Vorbild, deine Zukunft und dein Antrieb Bin für alle deine mustergültigen Lebenstaten? Es bieten sich dir wunderbare Seinsgelegenheiten an, die Ich dir haufenweis zugute halte. Greif zu und sei nicht spröde im Verwerten dessen, was wie Milch und Honig dir entgegenfliesst in deinen prächtigen Ambitionen. Da wird es balde ruchbar werden, was du Bist und was Ich Bin in dir und alle werden staunen ob der Wohlgefälligkeit, Wahrhaftigkeit und Wonne, welche du verbreitest, als von Mir gespendet, zugewendet und zur Liebenswürdigkeit des Himmels hochgezogen.

3.8
So unbedeutend ist die Strecke vom Gehirn zum Herzen und dennoch ist sie für so viele ein ereignisvolles Abenteuer, das gar oft im Chaos endet, statt in elysischen Gefilden, wo die Röslein

der Barmherzigkeit am Schicksal freudestrahlend blühn.

Die Wachheit des Verstandes, wie der Augen, blendet die Protagonisten dieser Zeit in rauhen Mengen und lässt sie in die Irre laufen einer falschen Ansicht von des Lebens Ursprung, Wirklichkeit und Ziel.

Walle, walle manche Strecke, muss Ich melden, bis du Meiner wirst gewahr in deinem Hoffen und Vor-Sehnsucht-nach-der-Wahrheit-fast-Vergehn. Nun fassest du sie an und findest an ihr dein Gefallen, denn die Überzeugungen, die dich von Mir beseelen, lassen dich das Glück erahnen, das in Meinen Räumen umgeht wunderbar. Du wachst und wartest nicht vergebens, dass Ich komme wie der Liebste unvermittelt in dein Herz. Dann musst du nicht mehr seufzen, weil die Stille dich auch stillt in deinem Langen und weil du weisst, dass eine Stimme dir gehört, die Meine, dich im Innersten zu rufen. Was du willst, ist dann auch Meines Willens Ebenmass, was Ich leis von dir verlange, wirst du tun und so mit Mir in wundervolle Übereinkunft treten. Du gewinnst, was Ich dir sende, du erfährst, was Ich dir Bin und erhebst dich sanfte Meiner Seinsglückseligkeit entgegen.

3.9
Bestimmt gerät auch deines Daseins Sinn und Weben immer wieder unter Druck im Hochgewühl der Erdentage, bald dies, bald das missrät. Das ist, weil deine schwächlichen und konsternierenden Gedanken noch zu wenig Meinen gleichen, welche sind und dann kein Haarbreit von der Stelle weichen, die sie sich zum Auftritt und bewunderns-

werten Resümee erwählt. Mir kann kein Lapsus je geschehn in der bedeutungsvollen Übersicht, die Ich Mir zugeordnet habe. Das Allerwendigste und Weiseste, was man sich denken kann, ist im umfassenden Bewusstsein Meiner selbst allüberall am Zirkulieren. Ich bade Mich im Wohllaut, den Ich Meinen willensstarken Schöpfungen gewinnend und ermunternd zugehalten habe.

So geht auch jegliche Bedrängnis still an dir vorüber, wenn du dabei nur Mein Gedankenarsenal bemühst, bis endlich deine Überlegungen den Meinen vollumfänglich gleichen. Dann herrschen ewige Harmonie und Heiterkeit in deinen Gauen und dein Dasein ist in Meines integriert in einer Effizienz und Sanftmut, Sicherheit und Wohlgefälligkeit, die ihresgleichen sucht.

So Bin Ich der Kreator und der Inspirator aller guten Taten, die im Universenreich geschehn. Mein Vorbild und Salut hat ewigen Bestand und braucht sich nie vor einem anderen in Acht zu nehmen. Ich liebe, was Ich immer tu und was Ich liebevoll begleiten kann auf seiner Fahrt ins Glück der Stunde und der Welt, die es sich wunderbarerweis zum Aufenthalt erwählt.

3.10
Wo sich die Wege kreuzen und die Seinslust dominiert, da lass dich wohlgemut und glücklich nieder; denn darin mag ein Wunder dir geschehn: Du wirst begreifen, dass du Bist das Wesen der Unendlichkeit mit allen Attributen der Erfahrenheit und Kenntnis der Gesetze eines Himmels voller Gnaden. Sei gewiss, dass deine Pläne, sind sie nur in Mir getan, aufs Beste reüssieren und den

Wanderer verblüffen, der an ihnen aufmerksam vorübergeht. Es zeigt sich, was du Bist in der Geselligkeit mit Meinen Sphären, wie mit der Lichtheit, Leichtigkeit und Liebenswürdigkeit in ihnen. Schau um dich und du wirst überall die Züge Meiner Hand gewahren. Schau in dich und du begegnest Mir als dem allweisen Schöpfer aller Dinge und Gestalten, aller Schönheit und bewundernswerten Seinslebendigkeit in Meinem Zaubergarten.

Buntes Treiben herrscht, wo Ich verwalte und gestalte, Aufbruch, Abbruch und Magie des Überirdischen betreibe. Sei gewiss, dass alle Dinge im Allhier aus einer Geistwelt strömen, deren Zeuge und Gebieter, König und Erhabener Ich Bin und ohne dass ein anderes vermag, der Qualität und Fülle Meines Reichs auch nur ein Jota beizufügen. Ich bereite Mir und Meinem Anhang Wonnen der Glückseligkeit in ewigem Mir-selber-Referenz-Erweisen und erfülle so das Soll, das Ich Mir aufgegeben, mit Bravour und Liebenswürdigkeit, Bewusstheit, Wachheit und Genie in Meines Himmels wunderbar beseligendem Glänzen.

3.11
Heraldik und Symbolik Meiner Art muss treiben, wer in Wahrheit vorwärtskommen will auf dem Pfad der hocherhabenen Gerechtigkeit und Leistungsfähigkeit am Sein und Leben. In diesem Sinne meistere Ich jeden Schritt und jede leiseste Bewegung, um den Nimbus, der Mir anhängt, aufzuwerten und um ihm Genüge und Salut zu leisten. Stete Augenwischerei muss Ich betreiben, um die Leute wach zu halten auf Mein Ziel und Spektrum

hin, das heisst, das Sein, dem Ich mit Leib und Seele angehöre, wie auch der Unendlichkeit des Kreises, die da Einstand feiert in den Auferweckten Meines Zirkels und Fanals.

Lass nicht mehr von Mir ab, wenn du auch nur ein Quentchen von Mir aufgespürt hast und gefunden, denn es gereicht dir selbst der feinste Hauch von Meinen Gnaden noch zum ultimaten Heil und Segen auf der Achterbahn des Lebens, die du mild und wild durchfährst. Es steigern sich die Winde des Geschicks in deinen Gauen und zerzausen alles, was nicht niet- und nagelfest an dir sich präsentiert. Doch unter Meinem schützenden Geviert und Überragen kann dir nichts Bedenkliches geschehn.

Nur in Mir und Meinem Strahlenlicht zu sein, ist dir von Mir beschieden, wenn du wahrhaft willst ein Herold und Solist der Gottesminne werden in der Kunst, dem reinen Sein zu dienen, unbedingt, glückselig, licht und wahr.

3.12
Für köstlich und bekömmlich halten will Ich immer alles auf dem Weg ins Wesen der Glückseligkeit, den Ich genauestens und wunderbar geglättet vor Mir seh. Schon weit gegangen, vielem angehangen Bin Ich in der fein verästelten Geographie des Seins, bis Ich Mich endlich in ihr voll zurechtgefunden habe. Nun Bin Ich auf der sichern Seite von dem Unvergleichlichen, das alle Welt in Atem hält und meine gnädigst noch dazu. Es zeigt sich, dass in jedem Fall das Sein dem Nichtsein vorzuziehen ist im Dschungel der Gesetze und dem Abrieb, den das tägliche Brimborium an dir

verursacht auf Mein Wort und Meinen überschauenden Befehl. Denn wahre Grösse kann sich nur am Kleinlichen und Schick-salsträchtigen entfalten, das bestanden werden muss nach Meiner Art und Sendschrift an die ewig forschenden Gemüter. Weise ist es, Meinem Duktus, Duft und Liederbund zu folgen, die den Wanderer zu Höhen himmlischer Beschauung führen und zu überirdischer Gewähr im Wendekreis der Freude, die Ich den Geduldigen erkoren. Mache mit, bedeut Ich dir und sei, was viele Vielge-sprächige nicht sind, indem du schweigend vor Mir deine Pflicht erfüllst, dass Ich dir pflichtig werde der Verherrlichung und Krönung deines Wesens, als in Mir und Meinem Reich der Fülle, Fabelhaftigkeit und Seriosität im Wunderbaren.

Auf beide kommt es an, ob der riskante Wurf ins Leben wohl gelingt und sich der Riesenaufwand lohnt, den Ich seit Urgedenken sanft und rabiat, gemütvoll, liebreich und gekonnt betrieben habe. Ich füge dich dort ein, wo für das Ganze optimaler Nutzen und Gewinn ersteht, wie auch für dich, indem du ganz wirst und im Einen aufgehst, das Ich Bin und das du Bist des Langen und des Breiten, hier und dort, gezähmt und züchtig, rein und liebevoll in der Glückseligkeit Elysiens, die immer ist und laufend wird in den Zum-Seligsein-Verklärten.

3.13
Pfannenfertig wird dir nichts serviert, was im Unendlichen Bestand und Minne finden soll. Sei voller Vorsicht im Geniessen dessen, was du hast, denn wenn du von dir selber nichts dazulegst, kann es dir zum Unheil und Verlust gereichen. Meine

Burg der Schönheit will mit Vehemenz errungen sein und enthüllt sich nur dem Tapferen, Geduldigen und Reinen, der die Kunst des Lebens wohl versteht und weiss, ihr den gehörigen Tribut, Respekt und Aufwall zu erweisen.

Am ehsten kommst du bei Mir an und auch voran, indem du wachsam dich verhältst und Meiner Würde dich bewusst erweisest in den Tagen deines ruhigen Betrachtens Meiner Kür. Es ziemt sich dir, mit einem Dankgebet voranzuschreiten für das Unerhörte, das Ich dir bislang vergab, wie für das Kommende, das dich in alle Himmel der Verheissung sicher und wahrhaftig führen wird zu deinen eignen Gunsten und zu Meinem überwältigenden Lob.

3.14
Religiöse Traktion kann immer auch verführen und blinden Fanatismus produzieren. Hältst du dich an Mich, so kann dir keine Unbotmässigkeit geschehn. Alles Wunderbare spielt sich in Natürlichkeit und Gottesminne ab, so dass du ohne Zweifel Meinem Reich auf rechte Art entgegengehst in deinem Dich-mit-aller-Welt-Versöhnen.

Machst du dir nichts vor, so kann Ich seelenvolle Nachsicht üben in Bezug auf deine Kapriolen und Verstiegenheiten. Mählich, mählich löst sich dir die Binde vor den Seelenaugen und du darfst die Herrlichkeit Elysiens schauen, die dich frei und sicher macht in deinem Menschentum und inneren Erleben.

Sternentaler sammle ein vom Lichte, das Ich dir vergebe und erfahre Weisheit, Wesenhaftigkeit und

Wertgewinn an ihnen; denn Mein Unterweisen aus dem All hab Ich den Strahlen anvertraut, die dich von unermessnen Fernen gütevoll und lebensspendend, lieb und leis erreichen. Du wanderst sorglos oder Falten ziehend durch den Lebenstag und bist dir kaum bewusst, wie viel an Energie und Werdelust, Gelöstheit, Heil und Segen Ich dir ohne jeden Rückhalt spende in der Fülle reiner Helle, worin Ich selber Mich geheimnisvollerweis verberge.

Nun gut, Ich teile mit dir, was Ich Mir selber schuldig Bin, dem Kinde und Geschöpf in Liebe zu vergeben und beeile Mich, es mit dem Wind der Läuterung und Lebenssüsse liebevoll zu überwehn.

Kennst du das Land, wo die Zitronen blühn... Sie blühen alle nur in Mir und in der Offenbarung Meiner selbst im Sonnen-, wie im Sternenfeuer, allweit, majestätisch, licht und wahr. Auf festem Grund gegründet ist, was Ich Mir ausgedacht und zur Entfaltung ausersehen habe. Im Lichte muss es wachsen und gedeihen und eben darin soll es Meines Daseins Zeuge sein auf ewig in glückseligmachender Manier. So segne und erfülle Ich bewusst und heiter deine Erdentale mit der Zierde Meiner Wogen und bereite dir ein Freudenfest aus ihnen. Lass dich von der samtnen Sanftmut Meiner Gegenwart im Tagesleuchten willig, liebevoll und fein umfangen und verlasse dich auf Meine Absicht, dein Bewusstsein damit unverwandt, treuherzig und voll Grazie ins Ewige zu ziehn.

3.15
Arbeitslust ist angesagt, wenn du zur rechten Zeit am Gottesziele dich befinden willst, das Ich in

deines Herzens Weh und Ach mit grossen Lettern angeschlagen. Sieh doch, wie spät es ist für dich und Myriaden schon geworden, um dich dem Zauber Meines Gottesgeistes vollends hinzugeben, der da Überwältigendes will in deinem Lebensspiel bedeuten. Erkenne, wer du Bist, will er dir füglich sagen und ermanne dich dazu, es auch zu sein im Blütenkranz von hunderttausend Gnaden.

    Hast du gelernt den Geisteswind zu fühlen, der deine Seele selig wispernd überfährt? Dann bist du auf der sichern Seite und darfst ruhigen Gewissens, Mir entgegen, weitergehn.

    Anerkennst du im Getriebe deiner tiefgefurchten Menschentage, dass Ich Bin, kann dir gezielt und effizient in deiner Seelennot geholfen werden. Denn, was sie sehnlich sucht, ist nicht in einer Welt zu finden, wo ungezählte feurige Gehirne ihre pauvre Weisheit an die grosse Glocke hängen und darin das Nonplusultra ihres Sagens sehn. Nicht was sie vom Gottesstaate zu verkünden wissen, ist von wirklichem Belang, doch alles, was Ich dir behutsam und gekonnt ins lauschende Gewissen trage, bringt dir überirdischen Gewinn und ändert aufs entschiedenste auch deinen Lebenslauf zu wunderbarem Wohlgeraten.

3.16
Auf ein Wort komm Ich zu dir und will es dich erleben lassen als ein Wirkliches, an dem die Attribute wahren Lebens hangen. Mache dir nichts vor, wenn du es aussprichst, denn es kann die Ansicht von dir selbst komplett verwandeln und dir fürderhin ein Wegbereiter und ein Mass für was du Bist und eine wundervolle Stütze sein in deinem so

ereignisvollen Leben. So höre denn, es ist das Sein, das Ich dir längelang und unerhörterweis entbiete, indem Ich dir bedeute, dass du's Bist und damit aller Konsequenzen fähig und begabt, die aus diesem Phänomen für dich und deine Welt erspriessen.

Nun ist es billig und gerecht, dich aufzuklären über das Verhältnis, das du zu Mir hegen und beleben sollst, indem du dir bewusst machst, dass es nur ein einziges Gebilde gibt von dieser Qualität und Quirligkeit, demselben Nutzen und der adäquaten In-sich-selbst-agil-gewordenen-Prosperität von eigensinnigen Gnaden.

Was gedenkst du nun zu tun mit dieses Wissens unschätzbarem Wert und wackerem Verfügen? Alle Tore zum Erfolg und zur tiefinnigen Gelassenheit, wie zum Erlangen einer Würde ohnegleichen stehn dir offen im Bewusstsein des Allherrlichen, das in dir leibt und west. Ich Bin das Sein, darfst du dir unablässig in die Seele sagen und dabei voll Lebensliebe, Heiterkeit und Unerschrockenheit durch deine Tage fürbass gehn. Es läuten dir die Glocken des Vermählens mit dem Ewigen den Herzensfrieden ein, den du erlangst in deines Daseins neu gewordner Perspektive. Sie bietet dir unendliches Genügen an dir selbst, wie an der Universenwelt, mit der du dich aufs Mal zutiefst verbunden siehst.

Begeisterung und seliges Erwachen sind dein Los im Augenblick des so verklärenden Erkennens deiner Situation im All der Myriaden Wunderwerke, die das Sein sich liebevoll erschuf. Erschaffe du dein Teil an ihnen und verlasse dich dabei auf Mich, als Inspirator und gestaltendes Agens, Aktivum und Volumen einer Wirklichkeit, die durch alle Himmel geistet und durch alles Leben pulst in ihrem Sich-

Verbreiten. Sei und sinne dich zu Mir hinüber in das Zauberreich der unbegrenzten Möglichkeiten und des freudestrahlenden und glückgesättigten Finals.

3.17
Wie magnetisch angezogen fühle Ich Mich vom Unendlichen, dem Ich geheimnisvollerweis verpflichtet bin und zugeschrieben in des Weltenseins gewaltigem Kaliber. Wohin denn sonst soll Ich Mich wenden, wenn das Weltliche so wenig Aufschluss gibt über Mein herzinniges Befinden und wo alles sich um Dinge dreht von irdischem Bezug.

Sehr geschickt, erfolgreich und verschlagen operieren Kräfte des Versuchens und Begehrens überall im Leben, um das menschliche Gemüt und Sinnen auf der Stufe der alltäglichen Befindlichkeit und Jovialität, Ranküre und Empfindsamkeit zu halten. All zu viele scheinen das noch kaum zu merken in dem irren Lauf um Brot und Überschuss, Vergnügen und bestechende Banalitäten, an die sie sich gewöhnt und angebiedert haben.

Nur tickt die leis verschämte Herzensuhr verschieden von der Weltenmächtigen, die gar vieles übertönt, was in der Seele sehnendem Verlies sich regt und wispert und beständig, graziös, gutherzig und verspielt um Gnade bittet an der Unerfülltheit, die ihr innewohnt in ihres Daseins Pflicht und Stil.

Da ist es denn aufs Allerdringlichste geboten, dass Ich das Momentum der unendlichen Gewähr am Sein und Leben, das Mir inne ist, in jeder Herzensbeuge pflegen will und hegen nach dem Mass der Sehnsucht, das es Mir entgegenbringt, in seinen langen, bangen Erdentagen.

Ich wende Mich dir zu und - wendest du die Sicht von dem, was dir im Hier beschieden, merklich hin zu Meinen Gütern, wird dir wohl und warm und heiter in der Seele Sanktuarium. Da müssen alle Schatten weichen vor dem unermessnen Lichte, das Ich ihm vergeb.

Ich führe alle Menschenwesen durch die Schule des Erfahrens ihrer Unzulänglichkeit in Sachen ewigen Bestandes und Befehls und ruhe nicht, bis Ich ihr inniges Vertrauen und Sich-Mir-verbunden-Fühlen aufgeschlossen habe. Ist's ein Ahnen erst, so wird es bald Gewissheit von der Führung durch Mein innewohnendes Geflüster und geziemendes Gedankenweben auch in dir. Es nimmt dich für Mich ein und sucht dein ganzes Sein und Sinnen auf den Punkt zu bringen der Gottseligkeit und Gläubigkeit an Mir und Meinen Bürgen. Wie von selber fällts dir ein, zu den diffizilen Angelegenheiten, in die du dich partout verstricken wolltest, Meinen Ratschlag einzuholen. In Mir ist schliesslich alles leicht und liebenswert getan, sowie du dich in Meine Sphären und Verbindlichkeiten aufgehoben siehst, zu deinem Heil und Heitersein, befriedet und gestärkt und rein und reich in der Allherrlichkeit der Göttersphären.

3.18
Bedächtig und bewusst manövriere Ich den Tross Meiner Gedanken in die Richtung Meiner selbst, was Eigenständigkeit, unendliches Gewah-ren, Modulierbarkeit und Meisterschaft im Sein bedeutet. Ich benehme Mich wie einer, der aus Gründen der Rechtschaffenheit, Bedeutsamkeit und Liebe zum Gestalten handelt, Meiner Sache

sicher und gewandt in allen anspruchsvollen Situationen. Es passt zu Mir, dass auch ein Windhauch, dem Ich zärtliche Bewegtheit, sanfte Wärme und dezente Liebenswürdigkeit verleih, Mein Wesensausdruck ist und seelenvolles Spiel. Desgleichen ziemt sich Mir Verhältnisse zu schaffen, die von gegenseitigem Respekt, Bewunderung und Ehrerbietung triefen.

Was Ich Mir nicht verhehlen will, ist Meine Unbeschränktheit wie Beschaulichkeit, mit der Ich Mich allüberall in Szene setze, um den Gang der Dinge sachte zu befördern, damit das Werden auch der allergrössten Werke nicht im Chaos endet, sondern nur Vollendetes durch sie geschieht.

Meine Werte werten ständig auf, was Ich mit überragender Voraussicht, Liebeskraft und Genialität geschaffen habe, um der Schönheit willen, die im unablässigen Bemühn sich offenbart. Nichts und niemand hab Ich zu beneiden, weil Mein Wort und Meine Tat aus absoluter Fülle, Reinheit, Phantasie und Fingerfertigkeit entspriessen. Solidarität mit allem, was Ich in Mir trage auf der höchsten Stufe des Erwarmens und Erbarmens, ist Mein aberwürdig Los.

3.19
So ist denn die Geschichte Meiner Liebe zu Mir selber ewig abenteuerlich der Grazie des Himmels eingeschrieben, licht und schön. Wer spürte nicht die Sanftmut Meiner Züge, die durch sie im stillen Seelenglück erstehn. Wie ist sie duftend, glockenrein und glanzvoll die allgütige Erzeugerin der Lust am Dasein und der Freuden, die Ich in ihm wunderbarerweis erlebe.

Ohne Zahl sind die gediegnen und gewissenhaften Komplimente, die Ich Meinem Eigensein voll Inbrunst weihe und dabei die Lauterkeit und Treue, Schicklichkeit und Zärtlichkeit Mir selber gegenüber alleweil betone. Trost vom Troste Bin Ich Mir gewohnt den leidenden Gemütern, die Mich sind, zu spenden, um sie sanfte hoch zu heben ins Bewusstsein Meines Reichtums im gesegneten Allhier. Niemals muss Ich lang beraten, bis Ich Mir in jedem Falle von verletzter Ehre liebevolle Hilfe angedeihen lasse. Ist das nicht entzückend, traut und herzbewegend schön? Mir selber gut sein, ist die allerwichtigste der Gaben, die Ich Mir geschwisterlichen Sinns gewähre, denn Mein Reich kann nur im friedevollen Miteinander feierlich und seinsgewandt bestehn. Die Holden Meiner Himmel lasse Ich die Wonne und die Heiterkeit Elysiens erfahren. Sie vermählen sich im Geiste mit dem Allerhöchsten, liebevoll, bewusst und graziös durch die Verbindung ihres Daseins mit dem All der Sternensymphonie. Spürst du Musik der allerfeinsten Art in ihrem Sich-Verkreisen, bedeutest du dir, was sie alle sind, im seelenvollen Götterparadies, das Ich hier meine? Lässest du dich von der Lichterfülle ihres Hierseins inspirieren und entzücken, dass du wie von Sinnen bist in deinem Dich-im-All-Erfühlen?

Siehst du dich gehegt und angesprochen von der Mutter aller Gnaden, die Ich Bin, deren Weisheit die der Königin von Saba haushoch übersteigt und deren samtne Sanftmut deinen Augen eine Weide ist von auserlesner Qualität und seelenvoller Schöne?

Bedenke du, was deine zartesten Gefühle von sich wissen und entdecke, dass es Meine sind in sakrosankter Eigenart, wie Meinem universenweit verbreiteten Salut und seinserhabnen Liebesspiel.

3.20
Aller Tage Abend kann's noch lang nicht sein, wenn Ich bedenke, wie viel tatenträchtige Gebilde Ich ins Dasein rief und wie viele noch aus Meinem gigantesken Tatendrang erspriessen. Schwung an Schwung hab Ich gesetzt, Manifeste unermessner Seinsverfügbarkeit verbreitet und Ideen, die wie ewig sich versummende Mückenschwärme den Geistraum füllen, den sie sich mit Vehemenz erobert haben. Schauend in das Sternenall zu greifen, ist schon eine grandiose Tat, an der die Wissenschaft sich seit Urzeiten übt und labt und lichtet. Aber sähe sie wie Ich, was als Geistwelt noch dahinter steht, sie würde sich ob ihrer Überheblichkeit und ihrem Eigendünkel mächtig schämen.

Walte Ich, so walte Ich aus einer Urkraft und Beständigkeit heraus, die jedes menschliche Begreifen haushoch übersteigt, denn jede Seinsnuance und Bewegtheit halt Ich fest im Griff, als eine Meiner Äusserungen, wie auch einen Meiner tief verinnerlichten Züge.

Menschengeist verschwindet, Gottesgeist blüht auf im Mass der Selbst-Verständlichkeit und Virtuosität, der Elementenkraft und Grazie des Himmels, die ihm eigen. Soll dir das nicht näherer Betrachtung würdig sein und sollte dir nicht die Beschäftigung mit Mir und Meinem Sein aufs Beste anstehn in der Vielfalt und Verwegenheit, Verdrüsslichkeit und Unbestimmtheit deiner Lebenstage? Es könnte sein, dass du erkennst, wie unvermittelt und galant Ich deines Wesens Rarität und Reichtum selber Bin mit allen Konsequenzen und Karambolagen des Gewissens, die daraus erstehn. Vermeide es, zuviel zu sinnen, damit das Mass deines Begreifens nicht überfordert wird; doch niemand hindert dich daran, gedankenlos und schlicht, graziös und überglücklich einfach da zu sein, ganz dir und Mir zu eigen.

Windstille, Seelenseligkeit und Harmonie der Welten sind auf den Punkt gebrachte Werte der Allherrlichkeit, die Ich Mir ganz zuerst schon voller Weisheit ausbedungen habe, um bei aller Vielgestaltigkeit zuinnerst doch das reine Sein zu pflegen in Glückseligkeit und Wonne, Weiselosigkeit und wunderbarer Heiterkeit des Weilens.

3.21
Ich verschwinde und das Vereinzelte taucht auf aus Mir. Darinnen Bin Ich wieder rein und unbescholten, was das Sein betrifft, in geistvoll dargestellter Schwebe. Was so lauter ist, wie Ich, wird ewig unbeschadet lauter bleiben. Was Gefühl, Genie und Generosität entfaltet, wird immerzu geliebt, verehrt und angebetet als der Inbegriff des Schönen und Gewaltigen, des Liebevollen, Graziö-sen, Zärtlichen und überaus Gefälligen allhier.

Bin Ich somit nicht dein Nachbar gegenüber, Bin der Präsident von so und so und Bin dich selbst voll Wärme, Trautheit und Gediegenheit im Märchenreich, das du dir eingerichtet hast nach Menschenmass, wie Gottesmass in unermüdlichem Bemühn? Wer kommt und geht und lacht und weint und gibt sich selbst die Hand zum Abschied und Willkommen, wenn nicht Ich in jeder seienden Nuance, die

Ich Mir zum Ebenbilde schuf. Trachte danach, dies herzinnig zu begreifen und kultiviere einen Sinn für das Verborgene und Offensichtliche zugleich in deinem langgedehnten Werdegang zu Mir. Durchlaufen musst du noch verzweifelt viele, zierliche Pantöffelchen, bis du zum Sanktuarium der Stille und Erhabenheit gepilgert bist, um dort den Herzensfrieden, die Glückseligkeit und die Verklärung deiner selbst zu finden, die dir zustehn als von Mir seit Generationen.

Eine Mühle will beständig frische Körner mahlen. So in Mir muss vieles auferstehn, damit es niedersinken kann im Mahlstrom der Geschichte, als von Mir gehörig inszeniert um der Bestätigung, Befriedung und Liebkosung Willen, die Ich Mir selber im Unendlichen gewähr. So lass denn ab von deinem An-dir-Wüten, denn du wütest alleweil in Mir, indem Ich an Mir selber Mich vergeh. Dann wirst du würdig, Meines Inneseins Geheimnis, Grazie und Gewitter zu erfahren und wirst unter Scherzen, liebelächelnden Sentenzen, Kapriolen und bewundernswerten Seligkeiten freudestrahlend in Mir untergehn.

3.22
Vollzählig Bin nur Ich, weil Meine Garde pflichtgemäss und leistungsstark beständig unter Meiner Obhut und in Meines Schattens Fächer und Beschauung steht, zu Wasser und zu Lande, Hier und Dort und durch die Sagenhaftigkeit der Weltenzeiten.

Was Mir gelingt, soll dir in Zukunft auch gelingen, derweil der Flügel Meines Seins dich zart und zielbewusst berührt, um Meine Pläne für dein Heil mit deinen zu vermählen. Ich mach es kurz, wo du noch lange, zimperlich und zag in deinem Brei herumlavierst, bis dann die Zeit der höchsten Wohlbekömmlichkeit vorüber ist ob deinem lamentablen Brüten.

Deine Augensterne glänzen am entzückendsten, wenn deiner Werke Bund nach Meinem Einfluss und Befehl gediehen. Wie heisst es doch in Meinen Paragraphen: Halte dich an das Unendliche und du wirst endlich reüssieren in der Vielgestaltigkeit und Fairness deiner Unternehmungen. Mach es wahr, dass dein Geschick in Meinem aufgeht, wohlbegründet und genialerweis von Mir gefördert und belebt. Kein Härchen Unrecht soll dir mehr geschehn, wenn du dich traust, durch mancher Moore tückischen Morast zu waten, unversehrt und heiter, wie die liebelichte Unschuld in der Morgenfrüh.

Immer kommt's auf deine Überzeugung an von Meinem Gegenwärtigsein in dir, wie von der Heilkraft deines Schweigens, um den Sinnspruch zu vernehmen aus der Fülle Meiner heiligmachenden Mixtur. Gab' an Gabe wirst du finden, wenn du aufmerksam die Wege Meiner Gunst beschreitest und dir so das Himmlische bereitest, das dir einverwoben ist. Es geschehe, was geschieht, sollst du dir sagen, Meinem Lichtmass zu - und ganz in deinem Glück soll enden, was in Mir begann und was beschlossen ist in den Gefilden und Gewalten, wie im Wohllaut seligmachenden Erhaltens Meiner zartgestimmten Himmelspoesie.

4
Harmonisches Geflüster

4.1
Im evolutionenlangen Weltenschauspiel, dessen grandios getinkte Züge Meinem Sein und Sinngehalt wohl anstehn, deklamiere Ich in Ätherweiten, was aus einer wachsenden Ideenflut erstand, um seiner Raffinesse wohlerwogne Wirklichkeit und strahlende Bedeutung zu verleihen. Nun höre gut, wenn Ich dir sage: Eine Woge reinen Mitgefühls strömt von Meiner Innigkeit auf alle Weltenwesen Meiner Schaffenskraft, Virilität und Schöpferfreude über. Ich mache Mirs zur Pflicht, das, was Ich schuf, auch aufzuziehn und fair und liebevoll an ihm zu handeln. grossmütig und gediegen. Wenn nun das Mein Grundprinzip und Meine Wohlgesinntheit darstellt, wieviel Seinsvertrauen und Gewissheit Meiner Güte darfst du ständig in dir hegen. Meinem Brauchtum und Relieve gemäss entfalten sich die Dinge deines Lebens zur vollkommnen Grazie und Seelenharmonie am Dasein, wenn dein ganzes Sinnen und Beginnen seelenselig in Mir ruht, derweil die Weltendinge kaum bemerkt an dir vorüberziehn. Gut ist, was, von Meinem Sein berührt, in feingefühlter Sanftmut sich vollzieht und sich voll Zärtlichkeit und Wohlverstand geborgen fühlt in Meinen liebelichten Sphären.

4.2
Verzeihen und Besänftigen, Beglücken und Entzücken ist Mein Stil. Du selber kannst es nun erfahren, wie gelöst und liebenswürdig Ich vor Meinen Treuen Mich verhalten kann, um ihnen Wohlbekömmlichkeit und guten Mut, Manierlichkeit und seidenweiche Zärtlichkeiten zum Geschenk zu

machen in der Euphorie der freudevollen Lebenstage.

Bei Licht besehn, ist alles in Mir Friedefertigkeit, harmonisches Geflüster, samtne Sanftmut und bewundernswerte Heiterkeit, an denen Ich Mich immerzu erlabe.

Habe kein Bedenken, ungesäumt dasselbe anzustreben, als ein Meisterschüler Meiner Kunst - zu sein und um dabei genau dasselbe Equilibrium, elysische Bewusst- und Freisein wie das Meine zu erlangen. Demnach stilisiert uns das erhabne Seinsbewusstsein ungesäumt zur Zwillinghaftigkeit empor, so dass dieselben Filigrane des Entzückens an der Welt die Räume unseres Seelenseins durchströmen.

Mach es dir zur Pflicht, allwie nach langem Irrlauf, zielbewusst und unbeschwert nach Haus zu gehn. Beschreite jetzt und künftig deine Bahn der tausend Lebenslustigkeiten und Beförderungen deiner Seinstalente ohne Zweifel, um zu Mir zu kommen, rechtens und gewissenhaft, erfolgreich und genial.

Es lohnt sich, sollst du zu dir sagen, auf den allerhöchsten Herrn zu stehn, der ist und dessen Portefeuille eine Fülle ohnegleichen birgt an Werten himmlischer Provenienz und Prälatur. Von Mir gereift und ausgegeben, kannst du ermessen, wie viel gütestrahlende Geschicklichkeit vonnöten ist, um eine Myriadenschar von Gläubigen, Proleten, Melancholischen wie Mustergültigen bei guter Laune und in Meinem Sinn auf Trab zu halten. Das ist, weil Meine Unverfänglichkeit und Tugendhaftigkeit, Versiertheit und Verspieltheit noch und noch Triumphe feiert in der Munterkeit von eignen Gnaden.

Irreversibel ist, was Ich dir antu' und bedeute auf der Strecke deines Erdenlebens, die Ich strahlend und verheissungsvoll, innig, lind und lauter mit dir geh. Lass ab von jeder Ängstlichkeit und jedem Zagen, wenn es darum geht, die Hände für Mein Werk zu rühren und mit freier, feiner Überzeugung Meine Sache zu vertreten in der Tage Rüstigkeit und Flor. Wohlverstand und Sachlichkeit gepaart mit liebenswerter Grazie seien die Markantesten der Pfeiler, auf denen die Verfügbarkeit, Philosophie und Minne deines Lebens ruhn. Sei dir bewusst, dass du Gemeinschaft pflegst mit allen Hellen, Heilen, Tüchtigen und Weisen, die Meinen Faden weiterspinnen durch der Welten Aberwilligkeit, Bedeutsamkeit, bewundernswertes Sinnspiel und erhabenes Taktieren.

4.3
Wachsam, gebefreudig und kulant Bin Ich Meinem Hiersein gegenüber in der Ära wundervoller Möglichkeiten in die Ränge des All-Höchsten aufzusteigen. Ich mache Mir gewiss nichts vor, wenn Ich Mich selbst in allem als das Seiende erseh', von dem geschrieben steht, dass es die pure Götterkraft verwalte in unendlicher Gewähr. Was folgt daraus: Du bist als Sein vom Sein vom Unnachahmlichen durchflossen in genau derselben Qualität und Quirligkeit, wie Ich es Bin in der vollendeten Verklärung Meiner Züge. Geschichte generierend bau Ich auf und stosse nieder nach Belieben im äonenzyklischen Verfahren, dessen Ich Mich allezeit und ungeniert bediene. Magistrat und Merkmal Meiner selbst Bin Ich in unerschütterlicher Seinsmanier in allem, was da ist und Lieblichkeit

verbreitet oder Lasterhaftigkeit, um sich darin gebührend auszuleben.

"Was ich nicht weiss, macht mich nicht heiss", hat sich die Generation der geistigen Habenichtse gleichgültig und hochnäsig angewöhnt zu deklamieren. Genau deswegen weiss sie nicht mehr, was sie ist und im Sich-selbst-Verspotten setzt sie sich auf eine Stufe weit unter ihrer Würde und gerät so in Gefahr, den Status der Allherrlichkeit, der ihr gebührt, rasant und schmählich zu verlieren. Weit schau Ich in die Runde und erblicke auf dem Erdenplan nur allzu wenige Verwegene, die sich in ihrem satten Bürgertum unpässlich fühlen und bis ins Letzte wissen wollen, wer sie sind und welchem Ursprung sie ihr Sein und Sinnen zu verdanken haben. Ihnen kann Ich den Bescheid und die bescheidne Botschaft übermitteln, dass sie sind das Sein in unverwechselbarer Dignität und mit der Gloriole des Allherrlichen versehn.

Wer kann dir besser raten, wenn du Hilfe brauchst, als Ich in der erlauchten Freiheit von jedwelchen Nöten. Der Botschaft wohl bewusst, die Ich verbreite, trage Ich den Menschenwesen reinen Glückes Rarität und Wohllaut an und anerkenne sie und Mich als Inbegriff des Wonnestrahlens. Das Tor ist offen, wenn du gehst, die Lieblichkeit des Himmels duftet dich schon an und Meine Sphären des All-Friedens laden dich zum Weilen ein in Einigkeit mit allem, was da ist Holdseligkeit des Herzens und Bewusstheit deiner selbst in wunderbarem Wohlgeraten.

4.4

Ungeboren Bin Ich, von Mir selbst begütet und bewacht ein Wesen reiner Geistgefälligkeit für Längen und für Breiten und für Zeiten, ganz ins Ewige verschlungen. Ich schaue über Generationen Meiner Seinsgeschichte Mein bewegtes Schicksal an und erkenne Mich in dem, was Ich Mir Bin und Mir in Sanftmut, Seligkeit, Robustheit, Zärtlichkeit und Wildheit zugestehe.

Was Ich Bin, will sich zum Gipfel der Gefälligkeit am Leben und zur Seinsvollendung treiben und so beginnt in Mir der Wunsch zu keimen, Mich wieder da und dort und dann und wann auf dem bewegten Erdenplan zu inkarnieren. Das zeugt dann einen Wanderer in hundert Hemmnissen und Nöten, Strapazen wie Erfolgen auf der Fahrt durch viele Länder und Verletzungen, perfiden Kapriolen, Lustbarkeiten, Resignationen und Erkenntnissen am Sein und Leben, die ihn bedeutsam und befriedigend, erfreulich und beglückend weiter führen.

Einmal musst du dann zu Mir zurücke kommen nach der langgedehnten Odyssee durch alle Wässerchen und Meere Meiner Gunst und Güte, Meinem prüfenden Verhängnis, wie den namenlosen Seinsstrapazen, die Ich Meinen Treuen auferlege. Doch nicht ewig dauern sie und mählich nistet sich die Lebensfreude ins Gemüt und alles Dasein wird zum Fest der tausend Möglichkeiten und Errungenschaften, Variationen und Entdeckungen am Sein und Sinnen, Seligsein und Abschiednehmen, dem Neubeginnen und schlussendlich in Glückseligkeit und Seelenaugenfrische Das-Unendliche-in-Mir-Erleben.

4.5

Hoch preiset Meine Seele den Herrn, der Ich Mir Bin in heiligem Erwarten. Was könnte lieblicher, geselliger und wunderbarer sein, als die Erkenntnis Meiner selbst als Es im Wirbelsturm der Hoffnung auf ein wonnevolles Seinsbehagen. Ich kenne Mich und nenne Mich: der Eingeborene im eignen Tempelreich und Richtmass der Geschichte, deren Ich Mich freudestrahlend und galant verseh. Die Firmung Meines Hauptes ist an Mir geschehn durch selbsterkennendes Bejahen dessen was Ich Bin im weltbewussten Dasein. Weiter als zu Mir kann Ich und will Ich nimmer gehn, denn diese Ankunft und Errungenschaft bedeutet Mir unendliches Vergnügen und Genügen am bewussten Sein, dem Ich das All zugute halte, wie den allerweisesten, bekömmlichsten und liebevollsten Frieden.

Mir ist der Mehrwert, den Ich hier errungen habe, wohlbekannt, was Mich unverzüglich dazu animiert, noch zu vielen weitern Werten zu gelangen aus der eignen Brunst und Brut in seligem Erwarten.

Keiner tastet Mir das Universum an, das Ich Mir in Erhabenheit und Wohlgefälligkeit erschaffen habe, denn Mein Eigenes kann niemand, als Ich selbst, betreten. Durch Strich und Faden Bin Ich heil in Mir und Meinem wunderbar gesegneten Erröten an Mir selbst in Kraft und Schönheit, Grazie des Himmels und bewundernswerter Nonchalance am Sein und Mich-Erleben.

Zu Hunderten und Tausenden erhebe Ich Mich in der eignen Kür und koste jeden Augenblick, in dem Ich, Meiner selbst bewusst, des Weltgeschehens Würde, Hoheit und unendliche Begeisterung in Mir trage.

Wer weiss, was Heil und Heiligung der Zeiten ist, wenn nicht Mein Ich-Gefühl, an dem Ich Meine allergrösste Seelenseligkeit und Unbeschwertheit, Sicherheit und Liebenswürdigkeit gefunden habe. Worte des Entzückens und Mich-selbst-Bewunderns prägen sich Mir ein und lassen Wohlgefallen und Salut durch Meine Weiten fahren.

Wer nimmt Mich auf, wenn Ich beschwingt und heiter durch den Himmel Meiner Sehnsucht gleite: Ich selbst in wundervoller Überschwänglichkeit und all so zärtlichem Begrüssen. Es steht geschrieben, dass das Sein sein Eigenes auf wunderbare Weise hütet und begeistert mit bezaubernden Geschenken und ihm des Elysiums Pforten öffnet zu unendlich seligem Behagen.

Was geschieht, wenn einer sich im Sein erkennt? Nichts anderes, als die Vermählung mit dem Allerhöchsten, das da ist und sein Bedeuten aufrecht, virulent und tatenträchtig hält durch siegessichere Äonen. Das ist dann die Krone allen Strebens nach Gerechtigkeit und friedevoller Harmonie, holdseliger Himmelszärtlichkeit und Reinheit der Gedanken, als von Mir gewollt und gutgeschrieben, abgesegnet und erhört vom Hundertsten ins Tausendste in purer Gottge-fälligkeit und wunderbar gesättigtem Befrieden.

4.6
Nanu, Zeit ist's, dich mit guter Nachricht tüchtig zu verwöhnen, die von Herzen kommt und an das Innerste ergeht in zartgestimmten Zügen. Wie wenig braucht es doch, um mit dem rechten Wort ein Wesen aufzuheitern und damit einer ganzen

Welt Vertrautheit mit sich selbst und süsse Wohlgestimmtheit zu verleihen.

Was geruhst denn du, wenn's brenzlig wird, zu sagen? Neigst du dazu, aufzubrausen oder dich versöhnlich und verständig, zuversichtlich und kulant zu zeigen, um die Sache rasch und gütlich abzuschliessen? Schön, wenn du das Heile wählst und lobenswert, wenn du der Würde dich erinnerst, die im Menschensein verborgen liegt und es manierlich, adlig und erfolgreich macht in wunderbarem Seinsgenügen.

4.7
Ohne Grenzen ist Mein Reich im Reichtum der Geschichte Meines Seins seit Urbeginnen. Ewig schaffenden Gemüts beweise Ich Mich selbst im Zug von Myriaden glückverheissenden Inventionen, deren formidable Nützlichkeit besticht und heiter macht im Sieg der Schöpfereuphorie.

Ich male und der Pinsel schwillt von prächtigen Ideen, die sich in den Wirkkreis Meiner Kräfte giessen. Ich leg den Pinsel weg und allsogleich verdorrt er in Ermangelung der Raison seines Existierens. Lang ist die Liste Meiner Wünsche und bedeutsam die Brisanz, mit der Ich sie Mir selbst erfülle, als ein Gastgeschenk in eignen Räumen und als glitzerndes Brillantgefüge.

Ein unendlicher Gedankenzauber ist's, dem Ich begeistert und erregt Gefolgschaft leiste, realisierend, was da vor Mir aufblitzt und Erbauung und Ermunterung bringt in Meines Daseins Sinngedicht und Stil.

4.8
Ja, was machst du nur, was lachst du nur dem Reigen des Vergänglichen vergnügt entgegen? Du siehst dich auf der Götterspur, begabt mit ewigem Leben. Was es auch sei, ist einerlei, es wird zu Mir erhoben und wird geflissentlich dabei ins Sternenall zerstoben. Nur die Perspektive des Unendlichen vermag dir alles Irdische plausibel, benedeit und seinsgerecht zu machen, denn für sich allein gesehn, hängt ihm der Makel des Vergänglichen und Unvollkommnen an und stimmt nicht überein mit der Gebärde reinen Sehnens, die der Seele innewohnt in unablässigem Bemühn. Eben darin tritt die Würde des Ich Bin zutage, dessen Ich Mich rühmen und bewusst sein darf in seelenvollen Zügen. Das ist nun eine freudenreiche Situation, die nichts mehr auslässt und in der Mein Wesen weder Tod noch Teufel fürchtet und allein dem Götterherrlichen und Fabelhaften huldigt, das in ihm erwacht ist und nun die Erweckung feiert immerzu.

Geistig gesehn schwebt und flattert Mein Bewusstsein, wie ein Zitronenfalter, ständig himmelan, um sich in der unendlich reinen, feinen Bläue zu verlieren. Das ist das Seinsgefühl und schwingende Bewusstsein der Verklärten, die Mir eingeboren und gewahr geworden sind, als Sein vom Sein und Seligsein von allererster Güte in der Unbescholtenheit Elysiens seit aller Zeit in allen Dimensionen.

Ich mach es wahr, dass alles stimmt, was Ich so hüte und als Meine Blüte anerkenne in des Daseins Sinngedicht und Flor. Ein liebevolles Lächeln facht den Eifer an, mit dem Ich Mich im Sein behaupte und in ihm, wie auf dezenten Widerlagern fest und sicher steh. Man mag's Gesundung, Rundung oder

Einheit des Gewissens nennen, immer ist es das Umfassende und Heile, Sakrosankte und Beseligende, das in unnachahmlichem Bewähren Frieden schafft und die Beglückung wonnevoller Harmonie.

4.9
Sinnerfülltes Sein erhebt sich gütestrahlend, lichtvergleissend aus sich selbst, um die Urnacht zu erhellen und sich genialerweise darzustellen als das Seiende, das ist und das sich selber nicht erklären muss in seinen Wundern.

Aus diesem steigt, beschwingt und heiter, liebevoll und farbenfroh der Urgedanke auf, der von sich selbst zu sagen weiss: Ich Bin und Bin allherrliches Versuchen. Wer immer schöpferisches Flair und Wille zur Verwirklichung und Elementenkraft besitzt, beginnt sein Potential und seine Überfülle auszuspielen, sich selber zum Gedeihen und zum wunderbar ereignisvollen Wohl.

4.10
Ich Bin vollendetes Ergeben in den Wohllaut einer Zeit des seelenvollen Ruhns und Weilens in dezenter Unbekümmertheit und Daseinsharmonie. Wie leis vom Wind bewegte Schifflein gleiten die Gedanken federleicht dahin und freuen sich an ihrem Eigensein in Heiterkeit und Wachheit, Seligkeit und liebevollem Schweigen.

Dies Seinsintime hört sich wie ein Märchen an aus längst vergangner Zeit beseligenden Friedens, den die Menschenwesen gern und innig, weidlich und bedächtig noch genossen haben. Mir und ihnen kam es darauf an, die Harmonie zu hüten, die in ihrem Sein verborgen lag, wie eine köstliche Reliquie aus ewigem Begründen.

Nun Bin Ich wieder da im selben Auftrag und Erfüllen, als Gesegneter der Zeit und Liebenswürdiger von Himmels Gnaden. Ich breche Mir den Lorbeerzweig vom nahen Bäumchen und bekleide Mir damit das Haupt in der Bewusstheit Meiner genialen Dichtergaben aus dem eignen Sinnkreis und poetischen Gefühl. Denn was das Sein betrifft, ist alles Wirkende ein wunderbares Selbsterfahren und ein Fest des eigenständigen Agierens. Welt und Weltempfinden, Wille und gewissenhaftes Überlegen sind ihm eins und sind das Nonplusultra reinen Seligseins in der Bewusstheit und Entschiedenheit Elysiens.

Es wandelt sich die Welt, doch in dem Wandel äussert sich Mein Bleiben und spendet Sicherheit und Zuversicht in der Behauptung Meiner selbst in himmlischer Gelöstheit, Unbestechlichkeit und Unbescholtenheit des Weilens. Glaube Mir, wenn Ich dir glaubhaft mache, dass das Göttliche in dir der Regsamkeit an sich am nächsten kommt, wie auch der Grazie des Ruhns in allen Lebenslagen. Stellst du dich in Meines Winds Bewegen, bist du zugleich dem Gewinnst an Ruh verpflichtet, der ständig von Mir ausgeht zur Beseligung der seinsverklärten Seelen, die in Mir ihr Sinngedicht und ihren Wohlklang, ihres Zielens Widerpart und die geliebte Stätte ihres Ideals gefunden haben.

Leiste dir das Glück, dich ganz auf diese Art an Mich zu lehnen und begreife dich als Teil von Meinem Teilen, wie von Meinem Einssein in der himmelhoch gesegneten und auserlesnen Seinsbravour.

4.11
Eine Welle lang und breit der Hoffnung auf ein wundervolles Ziel seh Ich ins Unendliche zerfliessen. Es ist das reine Sein, das zu erreichen Ich die Segel Meiner Sehnsucht setze, um übers weite Meer der Zuversicht sein Wohlgebild beglückt und selig zu erreichen. Es kommt, es geht, vom Wind verweht und will Mir fern erscheinen, doch Meiner Hoffnung Ziel besteht und wird Mich ihm vereinen.

Nun heisst es zeitig auf und in den Tag marschieren, heisst, den ganzen Lebenslauf gehörig stipulieren. Weidmannsheil, ruf Ich dir zu, viel Flüchtiges ist einzufangen und dabei sollst du ohne Ruh an Meinem Vorbild hangen. Nun wird's, es muss geschehen, was Ich in Anmut will; du bist Mir als ein Lehen, seinslebendig, seelenstill, von dem Ich das erhalte, was immer fleucht und steht, derweil Ich in ihm schalte und Mein Salut darüber weht.

4.12
Bei den Wanderern und Wandlern einzureihen sind die von Mir begabten Radikalen und Beförderer des Ewig-Guten, von dem Ich soviel halte im gewaltigen Allhier. Ein kapitales Risiko ist es, soviele ausgeprägte Charaktere aufeinander los-zulassen, nur um des rechten Ausgleichs Willen in der Geschichtlichkeit der Menschen, die Ich wohlbedacht und liebvoll inszeniere. Man darf es füglich als ein Wunder der Barmherzigkeit bezeich-nen, dass gar viele sich zusammenfinden zu gemeinsam ausgedachten Taten guten Willens und gerechter

Motivation am Weltenwerk, das Ich zu treuen Handen an die Menschen übergab. Kooperation in jeder Hinsicht und Bedeutung ist bei Mir gross geschrieben nach dem Moto: Wer die Übersicht behält und sich bewusst und dienlich auf die rechte Seite stellt, ist der lobesamste Diener an der Werkgemeinschaft im Hienieden. Lass dir das gesagt sein von der Weisheit in den Höhen und vom götterlichten Marschbefehl, der sich in klugen Dispositionen und gewandten Wendungen ergibt im Sinn der Anmut der Gebärden und der Schönheit der vollbrachten Tat.

    Was du noch nicht zu wissen scheinst, ist dies, dass Ich in jeder noch so bieder scheinenden Person Mein höchst persönliches Quartier und Reduit, Mein graziöses Tempelchen und Bienenhäuschen eingerichtet habe. Da fliegen Seinsgedanken ein und aus zuhauf und wecken die Begierde nach Veränderung der Welt und Stiftung von Manierlichkeit im eigenen Gehaben. Das ist dann der Erfolg, den Ich im wachenden Gemüt voll Verve und Überzeugungskraft erziele. Bedenke, dass du, was du dir erringst, zuallererst aus Meinen Schalen trinkst, recht unbedacht und unentschieden. So mach dir denn ein Fest daraus, zu wissen, dass die Gottheit in dir lebt und, deine Pläne webend, ein immenses Weltgebild zur Wirklichkeit erhebt in sachgemäss und genial geführten Zügen. Du Bist ihres Handelns Gegenwart, Geselle und Kalkül und sollst dich willig in die Szenen fügen, die im Strahlenlichte vor dir aufblühn und die grosse Schau bewirken, die hier zur Debatte steht.

    Klug und lebenstüchtig, mutig und präzise sein ist eines, gottesfürchtig und der Ärmlichkeit des eigenen Befunds bewusst, das andere, das deinem

Leben Seinsgerechtsein und Verbindlichkeit, Demut und Erhabenheit zugleich verleihen soll nach Noten. Wisse, dass du Bist und sende deines Seins Impulse tatenträchtig in die Welt der Ignoranten, Tugendsucher, Lehrer und Empfänger Meiner Weisheit, dass sie besser werde, gottbegnadeter und glücklicher in Meinem Sinn und Geist auf der berühmten Fahrt in hochgebenedeite Göttersphären.

4.13
Mit dem Unendlichen vernetzt sein ist ein Vorteil von gewaltigen Dimensionen, den es zu erfassen und zu pflegen gilt, unmissverständlich, leiden-schaftlich und global. Da heisst es unerbittlich: Scherz beiseite und den vollen Ernst des Lebens angepackt und unbedingt hervorgehoben. Gewissenhaft und seriös soll jede Geste sein des so Berührten und alles, was er tut, muss in ein Lob des Schöpfers münden von unendlicher Bravour.

Gekonnt ist immer auch gewollt und hat ein Vorspiel und ein Nachspiel ohnegleichen. Dilettantisch erst und dann bestimmter und bewusster wird da aufgetreten, wo die Wirkung sich am ehesten verbreiten und vertiefen kann. Ein Manifest der guten Hoffnung, der Begeisterung am Leben, wie des genialen Kombinierens soll der Auftritt sein, an dem die Augen wie die Herzen unverwandt, feuchtfröhlich und glückselig hangen. Wie aus einem Guss ist alles eingespielt und eingesungen auf den tausendfältigen Erfolg, der ihm beschieden und geweiht sein soll in den euphorischen Gemütern, denen eine Welt versinkt und dafür eine andere ersteht von wunderbarer Unbeschwertheit, Festlichkeit und ewig heiterer Mixtur.

Dann wallen die Beglückten selig heim und tragen mit sich ein Ereignis unvergesslichen Behütens, das wie das Klingen einer klaren Sternnacht eingeschrieben steht in aller Seelensinnkreis und Gefühl. Es weht ein Gotteswind in ihre Tiefen und bezaubert und bewegt sie in entzückender Manier. Erspüren sollt ihr, was von oben in die lauschenden Gemüter flutet und den Sinn für Welt und Ewigkeit subtilerweis verändert, schärft und weitet, unbedingt der herrlichen Genügsamkeit des Unergründlichen entgegen.

4.14
In Meinem Sturm und Drängen wird dem Recht des Schwächeren grosszügig Raum, Verständnis und Salut gegeben. Immer Bin Ich auf dem Strich, dem winzig Keimenden den Vortritt und die Freude des Erfolges zu gewähren. Seidenweich und innig überstreiche Ich das Werdende mit Meinem Gunsterweis und lasse es bewusst und beispielhaft sich selbst bewähren.

4.15
Beste Kondition und ultrafeines Seinsempfinden: Da handelt sich's um ein verehrungswürdiges Bouquet, zu welchem niemand etwas fügte ausser Mir, bis es vollkommen war in märchenhaftem Glanz und königlichem Selbstgenügen. So liegt es denn an Mir, dass jede Meiner Gesten ausgezeichneten Geschmack und virtuose Sicherheit im Arrangieren atmet, die von niemand überboten

werden kann. Glaubwürdig Bin Ich bis zum letzten Deut, den Ich vernehmen lasse und in einem Masse, dass noch jeder sich in Ehrfurcht vor Mir winden muss, wenn er nur ehrlich ist und nimmer selbstbezogen.

Hinter Mir ein Feld von äusserst kunstvoll und subtil geschaffenen Lebendigkeiten, vor Mir ein unendliches Gelände freiesten Verfügens, das mit ungezählten Phantasien ausgestattet werden will im Siegeslauf erschütternder Äonen.

Ich will und weise jedem, der da möchte, seine ihm gemässe Stelle zu in weisem Überschauen der prekären Weltensituation und mit der Absicht, die Willfährigen in Meines Reichs Gediegenheit und Fabelhaftigkeit hineinzuführen.

Ich mach es wahr, dass alle treuen Geister Meiner Provenienz und Güte ihres genuinen Schaffensfeldes Anhang finden und unter Meinem Schutz und Baldachin ihr Werk zu Glanz und Ruhm und seinsvollendeter Verspieltheit stilisieren können. Da erübrigt sich's beinahe zu erwähnen, dass alle deine Werke im Unendlichen die Meinen sind, weil du Mich, als im selben Sein, aufs allerliebenswürdigste vertrittst, so dass kein Jota zu verändern ist an Meinem Sinnspruch und Gehaben.

Ich leite und du gleitest wie der laue Sommerwind durch Feld und Auen Meiner Glut und Güte, seinsverwandt, gutmütig und gediegen. Deine Absicht ist die Meine in Bezug auf Wohlbekömmlichkeit und Frieden, Harmonie und seelenvolle Anteilnahme am Geschick der Vielen, die noch als gestrandet unbewusst im Argen liegen.

Ich mach es wahr, dass eine Welt der reinen Geistigkeit aus Myriaden ineinandergreifenden Gedanken figalant, freimütig und gekonnt vor Mir ersteht. Es ist die Stätte unnachahmlicher Befriedung der Gemüter, die in ihr ihr Bleiben, ihren Sinnkreis und ihr Glück gefunden haben. Wache auf und sei, sei dir gesagt in liebevoller Weise und mit dem Wohlverstand des göttlichen Gemüts, in dem sich einstens alle, alle wunderbar getröstet und glückselig finden werden.

4.16
Mein Lied bedeutet Mir, dass Ich darin die Seligkeit des Alls versinne. Die Lichtheit der Gedanken öffnet Mir den Weg in alle Weiten der Unendlichkeit, in der Ich Bin und wese. Eine malerische Szene nach der andern blüht in Meinem Sinnkreis auf und lässt die Weltenseele sich in Freudgefühlen königlich ergehn. Völlig unbeschwert und seinsverwegen veräussere Ich Mich in unablässigem Verwandeln Meiner Kräfte in die Wirklichkeiten Meiner genialen Schöpfungsaben-teuer, aus der Ferne innig nah gesehn.

Was Ich immer leiste, ist vom leisen Ton der Seinsglückseligkeit, in der Ich Bin, durchwoben. Das ist, weil alle Manifeste Meines Seins unweigerlich und liebevoll mit Mir verbunden sind in einem wunderbaren Einigsein und Miterleben. So bewegt der Ernst des Weltenschaffens ständig Mein Gemüt, und Meine Herzlichkeit will allem Wesensein die Gunst des Wohlseins und der Wonne am Geschick gewähren.

Wie sehr Ich immer Mir erlaube, aus Mir selbst herauszutreten, wird damit Mein In-Mir-Bleiben niemals angetastet und so Bin Ich immerdar in Meinem Sein der heile und glückselige Gefährte

Meiner selbst in der Unendlichkeit der Geistessphären.

Wende dich Mir zu und sei in dieser glückverheissenden Strapaze ganz gewiss, dass Ich dir jede Hilfe biete in vertrauenswürdiger und muttersorglicher Manier. Es muss ja sein, dass Ich Mein Eigenes aufs allerzärtlichste behüte und ihm jederzeit und hochbesonnen beisteh in der Not. Das mache dir zunutze jeden Tag, indem du bittend und vertrauend Meine Wege gehst und dich der Gotteskindschaft angemessen, würdig und gewahr erweisest, mitten in der Illusion des fieberhaften Weltgeschehns.

Du erwachst in dir und siehst dich als ein geistig Sein und Wesen in das Leibliche und so beständig Scheinende hineingezogen. Das ist nun die Erkenntnis deines wahren Wesenseins von Gottes Sinn und Gnaden. Du gewinnst damit den Namen Seinsverklärer und Bewusster deiner selbst in einer Schau von unnachahmlicher Erhabenheit und Wohlfahrt des Erlebens. Dein Sinnen ist dem Meinen gleich geworden und dein Sein als Meines anerkannt, gefeiert und bewundert, hoch gelobt und mit dem Siegel der Gottseligkeit umwunden.

4.17
Weide deine Lämmerwölkchen, stiller Wanderer am nächtigen Gewölbe; weide deine Seele in der Trautheit Meiner Näh, will Ich dir sagen, damit Ich sie im Schlafe glücklich machen kann. Es ist, dass deines Wesens Sein beständig in Mir ruht und ohne es zu wissen. Indes genügt es, dass Ich's weiss und es mit der sublimen Zärtlichkeit des Himmels liebevoll umfange zum beglückenden Gedeihen und

zum innigen Seelenwohl. Wirkst du nach Meines Willens Wahrspruch und Befehl, wirst du allmählich Meiner steten Gegenwart und Güte inne werden, als die Offenbarung Meines Seins im Geistgebiet, das du mit Mir bewohnst in wunderbar beseeltem Aneinaderschmiegen. Dann wirst du dich in deines wahren Wesens Licht und Genialität erkennen, als akkurat Mein Universensein, bewusst und seelenselig in der Weltenharmonie.

Mach es dir zum Vorsatz, Meinem Sinnen sinngemäss zu folgen als in einer Seinsphilosophie von überragender Bravour und weisem Aneinanderfügen der Gedanken zu einem grandiosen Weltbild, das besagt, dass dein Bewusstsein alles einschliesst, was da *ist* in Ätherweiten und sich schliesslich nimmer unterscheidet von dem Meinen im Allhier.

Kennst du das Land, wo die Zitronen blühn? Hier ist es schön drapiert vor dein Gemüt gelegt und deine Seele darf sich wohlgefällig an ihm weiden. Alles ist, wie für ein fabelhaftes Freudenfest bereitet, dir geweiht, wenn du nur einsiehst, welche Kräfte des Erkennens in dir liegen. Sein vom Sein bist du und jede deiner vor Mir ausgebreiteten Nuancen ist Mein eignen Wesens gütestrahlende Wahrhaftigkeit, dem Sinn gemäss, den Ich ihm wohlbedacht auf seine Fährte mitgegeben.

So spreche Ich Mich aus und so ist auch dein Wesen hoffnungsvoll in das Unendliche versponnen, wo es unter Sternen west und wirkt und weidenschlank und heftig, lind und leise seine Kreise zieht, dem Wohllaut und der Wonne des bewussten Universenseins entgegen.

4.18

Es ist Mir immer wunderbar erschienen zu bedenken, wieviel Effort, Energie und Eloquenz, Behutsamkeit und Geistesgegenwart vonnöten war, um in des Weltenschaffens Zauberspiel zu reüs-sieren. Unter Druck und Zug, Gerissenheit, Ge-wissenhaftigkeit und schöpferischem Flair gewann des Alls Prosperität ihr heutiges Profil, das sich unweigerlich verändern muss, rasant, beschaulich, träf und träge, unmissverständlich, neuen gloriosen Horizonten zu.

"Nimm mich mit", sollst du dein Liedchen intonieren, "lass mich meinen Part geflissentlich und geistesabenteuerlich vollführen", soll dein Wunsch und Wille sein in Meiner Weltmanege und vibrierenden Kultur. In Meiner Friktion und Fassung kann kein Wesen sitzen bleiben, weil das minimste Zittern, Zagen, Löken und Lavieren unweigerlich das Ganze auch bedroht. Somit hat ein jeder sich dem Fortschritt zu verschreiben, der in seinen Kräften liegt und Meiner Ehre Vorschub leistet in den Weltensphären. Exakt an diesem Punkt muss Ich erwähnen, dass der Einzelne sich ganz bewusst erfühlen soll als redlicher Gestalter eines kosmischen Pulsierens und Rangierens, Regulierens und Vollendens im bezaubernden Allhier.

Mir verschrieben und geweiht ist alles, was da kreist und reist und funkelt und flaniert und der Erkenntnis seines Seins entgegenrollt und driftet, vom Unendlichen berührt, das ihm Regie und Hochfahrt, Trautheit und Beweglichkeit bereitet, innig, herzlich und loyal.

Du bist nicht Mein Widerpart, sondern Meines Wesenseins wahrhaftiges Gespiel, bist Meine Ranke, Meines Wertes Zauberlehrling und Mein seelenvoller, himmlischer Gespan. Ich taufe dich mit Liebestau aus Meinen Schalen, verwöhne dich nach Noten -sonderlich in deiner grössten Not- und lasse dich schlussends als Triumphator über deine Lüste und als Sieger über deine Kleinlichkeiten begeistert ins Bewusstsein des Unendlichen ziehn. Geduld und Güte sind dein Wehr und das Bewusstsein deiner Göttlichkeit dein Schild, der dich im Lebenskampfe schützt und deinem Sieg zuvorkommt, wie dem Einzug ins Elysium der Gottgefälligkeit und des gottseligen Verweilens.

4.19
Wer möchte nicht und kann's doch nicht - einen schicken Rahmen um sich ziehn und dabei bestimmen: Innerhalb Bin Ich und draussen sind die andern, die Mich gar nichts angehn in der definierten Lebenslustparade. Es ergibt sich aber, dass die Dinge, die wir wirken, einmal angestossen, immer weitere Kreise ziehn und sich erst im Unendlichen verlieren. Da beginnt sich alles zu vermischen zwischen deiner und der Umwelt, die du doch fein säuberlich von dir zu trennen dich bemühtest. Die berühmte Frage: Was ist dein und was ist mein, beginnt sich im Gemüt zu regen und am Ende musst du einsehn, dass dir nichts gehört, als was du Bist und was du Bist, Bin Ich genauso in der Einheit allen Seins und Lebens. So ist alles Unterscheidenwollen reiner Wahn und deine Absicht, dich mit einem Rahmen zu umgeben, eine Utopie allmenschlicher Provenienz, wie Ich's mit feingefühltem Lächeln konstatiere.

So ist's bei Mir beschrieben und getan und soll dich nicht beirren, sondern stärken in der rechten

Ansicht von der Welt und von der Göttlichkeit, die sie durchflutet und belebt, behütet und beseelt, befördert und beglückt in wundervoll gesegneter Manier, der sich die Frommen wie die Seinsverständigen aufs Allerwürdigste verschrieben haben.

4.20
Geeicht geh Ich einher, gefüllt das Mass bis an den Rand der fliehenden Unendlichkeiten mit der Fülle Meines Seins in ungezählten Variationen. Was braucht es mehr? Ich bring es her, leichtfüssig und gediegen, entsteige jugendfrisch dem Geistesmeer, um alles, alles zu besiegen. Kannst du ermessen, welcher Lust Ich fähig Bin in auserlesnen Rationen und gehe her und gehe hin, damit den All-Raum zu bewohnen. Den Seidenglanz der Sterne fach Ich leichthin an und lasse ihn im unermessnen Raum zerstieben, derweil noch alle, schön und ganz, in ihres Daseins Traum in Meinen liebevollen Armen liegen.

Was gibt es denn für dich für eine bessre Perspektive, als gerade Mich am Weltenwerk zu sehn und Meine Wunderzüge zu bestaunen, wo Ich immer Bin und wo die Geistesfunken fliegen.

Nun mache dir zunutze, was du weisst von Meines Seins besonnenem Revier, denn du bist jederzeit und jedenfalls, in ihm zu weilen, innig eingeladen.

4.21
Bereitest du dem Augenblick den weiten Raum, der ihm gebührt im Leben, bist du dem Unendlichen

darin unendlich nah. Es reihen sich die gottgesegneten Momente wie zu einer Perlenschnur zusammen und beglücken deren Träger intensiv und herzenstief. Was du dir Bist, erfüllt sich nach der Folgerichtigkeit der Lebensszenen, die, von Mir impulsiert, im schöpferischen Flair und Feinsinn deiner Hände liegen. Ich überwalte, was du immer wirkst in deinem abgezirkelten Revier und führe dich zu Mir, indem Ich es mit Vorbedacht und Akribie bis ins Unendliche erweitere der endlichen Erfüllung mit Gottseligkeit entgegen.

Willst du gedeihen, lass das Spintisieren fallen über das, was war und sein wird. Fasse dich in eins zusammen im Erleben der All-Wirklichkeit, so wie sie jetzt sich darstellt in der Einheit, Reinheit und Gewissheit Meiner Züge. Suche zu begreifen, was in dir und um dich von Mir pulst und wütet, weint und - selig lächelt, wenn es Meines Seins Erhabenheit und liebevolle Zärtlichkeit in sich gefunden.

4.22
Wohlan, es schweben die Gedanken hin und wider, auf und nieder in der benedeiten Morgenfrüh. Wachsein im Unendlichen ist ein bedeutungsvolles Freudenfest in Geisteshöhn, Herzinnigkeit und Klarsicht, Liebenswürdigkeit und Seelenfülle, Faszination und Seligkeit gewährend. Alles, was Ich hier zu diesem Anlass der Versunkenheit, Erhabenheit und fürstlichen Beglückung Bin, ereignet sich in einer Geistesfülle ohnegleichen, die beschaulich und begreiflich wird, wenn sich die Seele dem Unendlichen vollkommen hingibt in der meditierenden Geruhsamkeit von Himmels wohlgefälligen Gnaden.

Was ist das Sosein, wenn nicht ein ereignisvolles Weilen in der Ebenbürtigkeit mit wunderbar erlauchten Geistern der Geselligkeit im gütestrahlenden Allhier. Es herrschen auserlesene Bedingungen des Friedens und der Wohlfahrt, Lieblichkeit und zarten Wonne des Vereinens mit den Wesen göttlicher Substanz und Seelenfülle, unbeschwert und siegesfroh.

Du staunst, wenn Ich dir sage, dass in diesem Zustand reinen Seins die so verschlungnen Weltenrätsel als gelöst und überwunden weit unter Mir im Unsichtbaren liegen. Hier aber schwillt die Helle ständig an und das Bewusstsein reiner, heiler Seinsglückseligkeit ist dominant, als wär es immer so gewesen. Die wahren Züge Meiner selbst erscheinen in allgöttlicher Manier und weiten sich und breiten sich ins strahlende Bewusstsein der Unendlichkeit, in der Ich ewig Bin und wese.

Wimme und beginne, wo du stehst, dich Meiner Absicht, Genialität und Wirklichkeit zu unterwerfen, damit du mitten in den kleinlichen Geschäften gross wirst und in Seinsgerechtigkeit erblühst. Du bist gehalten, freudevoll den Lebenssinn zu spüren, der von Mir ausgeht und die Welten all umfasst, die Ich Mir voll Gleichmut, Herzensgüte und Geschicklichkeit erschuf. Liebe deine Lebenswelt und wachse dabei wunderbarerweis der Meinen zu, bis du den Gleichsinn, der da herrscht, erkennst und dich Mir vereinst, um dann in Trautheit, Wohlverstand und Sicherheit des Ewigen in Mir zu weilen.

Nichts weiter will Ich sagen, um der Wonne Meines Seins und Sehnens Willen, im Unendlichen zu ruhn, sowie in dem, was Ich Mir Bin, getreulich und getrost, herzinnig, zärtlich und Mir selbst bewusst voranzugehn.

4.23

Seinsglückseligkeit und namenloser Frieden, Glorie des Weilens in der Wonne der Verklärten, die ihr Heil im Gotteslicht gefunden haben. Hier preisen wir die Schönheit linder, lichter Zaubergärten, deren farbenreichen Windungen wir lächelnd folgen, alle Seligkeit des Seins geniessend, die uns hier bereitet ist in Sonnenklarheit wunderbar.

Es ist das Eine, das so spricht aus vielen, wundersam berührten und erhobenen Gemütern, denen Ich ein liebevoller Wegbereiter und Gefährte Bin in namenloser Zartheit des Empfindens ihres Wohls. Sie sind in Treue, Trautheit und Gewissenhaftigkeit in Meine hellen Höhn gestiegen und bereiten sich ein Fest der Andacht und der Gleichgestimmtheit, über alle Massen licht und schön.

Nun zeige, was du Kraft des Sehnens auch vermagst am Rande Meiner Reiche und tritt ein in Geistessphären, die dich ewig wohlgemut und selig machen, lauter und vergnügt am Dasein, das dir offenbar geworden. Ich erlebe das in dir, als das alleine Medium der Stärke, Munterkeit und Klarsicht über alle Welten hin.

So sei denn Meines Wesenseins geliebter Diener und Vertrauter, Herzensbruder und gefeierter Stratege in der Kunst zu sein und damit Fülle aus der Fülle zu geniessen.

Friede sei mit dir und deinem Hause, dem nun endlich Seinsgerechtigkeit und Herzenswonne widerfahren kann im langen Atem der Glückseligkeit, mit dem Ich dich und deinen Anhang liebevoll verwöhne.

4.24

Brachland starrt dem Wandrer starr und stumm entgegen. Wo immer seine Seele Nahrung sucht im Irdischen, so ist sie wie in einem Nichts verloren allsolange, bis sie sich erkennt als Geistgebilde unter Geistern, unbegreiflich liebenswert und schön. Hast du dies begriffen, strahlt dir eine neue Welt von wunderbarer Wirklichkeit entgegen, die Ich Bin und deren Zauber dir wie eine Morgenröte neuen Lebens aufblüht in holdseliger Manier. Du erkennst die Geistigkeit von deinem Sein und Sinnen und erlebst dich als das wahre Wesen wohnend in der menschlichen Natur.

Begreifst du nun, wie anders und subtil die Dinge deines Lebens aufzufassen sind, damit sie ihrer Seinsgerechtigkeit gemäss vor deinem Schauen in Erscheinung treten? Sagst du fürderhin "Ich Bin" zu dir, meinst du das Geisteswesen das du Bist in voller Wirksamkeit, Unsterblichkeit und gottgesegnetem Benehmen. Dein Ich ist eben, durch die Hierarchien Meiner Geistwelt gleitend, Meines, das sich allem mitteilt, was da ist, als Meines Seiens Wallkraft und Befehl.

Ist dein "Ich Bin" in dir erkannt und zu Mir aufgestiegen, löst sich aller Hader, alle Häme und Behinderung auf in eine sagenhafte Minne, Zartheit und Bewunderung der Gottheit, und dein Sein ist Meinem gleich in namenloser Wonne und Glückseligkeit geworden. Du Bist, wir sind und alle Kreise deines Lebens sind geschlossen und zur Seligkeit Elysiens erlöst.

Das ist die Perspektive, die dir wunderbarerweis bevorsteht und dich dazu animieren soll, für die Erkenntnis deiner selbst zu kämpfen, Tag für Tag und mit dem Gluthauch deines Herzens, unermüdlich, feierlich und gütig, Meinem zu.

4.25
Wäge, wirke, walte, was du willst, es bleibt doch immer Ich, der in dir seine Runden zieht und seine Züge lässig lenkt und siegessicher her- und hinmanövriert. Dies gilt es zu bedenken bei allem, was geschieht und gilt den Sinn zu lenken auf Meines Seins Gebiet. Wo immer Ich Mich fühle, fühlen Welten mit und finden im Gewühle auch Mich, der tüchtig litt. Doch will Ich stets die Freude, an allem was geschieht und was dann alle beide ins Seins-Elysium zieht.

Wahrhaftig eins Bin Ich mit dir in deines Lebens unerhörtem Unterfangen, in welchem nichts geschieht, ohn' dass Mein Ich herzinniglich daran gehangen. Es bleibt dabei: will Ich, so willst auch du und will dein Wille, will der Meine ebenso. Nur dass du's wissen sollst, ergeht die glühende Parole an dein Herzgefühl und will sich deinem Sinn und Sinngedicht vereinen. Einmal bist du wirklich und wahrhaftig so, dass dein Bewusstsein gänzlich ist in Meines eingezogen, derweil sich die Verheissung wunderbarerweis erfüllt: Mein bist Du und Ich Bin dein in der unendlichen Geschichte allen Seins in rauher Tage Tunichtgut, in Angst und Not, wie in des Wonneseins glückseligem Umfangen.

5
Das Geisteswesen, das du Bist

5.1

Zweck und Ziel wird dir von Mir als Morgengabe Gottes ins Gewissen eingeprägt, um dir ein Lebelang als Vorbild, Geistesführer und Garant der Gottgefälligkeit zu dienen. Gar viele würden gern genaueres zu diesem Thema in Erfahrung bringen und so sag Ich dir, es gibt nur eins von wirklichem Bedeuten: Mich zu finden in der Weltenlage Sinn und trefflichem Florieren. Mählich wirst du dir bewusst, wieviel Aufwand es erfordert, seriös und wohlgelaunt, vertrauensvoll und unbeschadet deinen Weg zu gehn, ohne noch zu wissen, welche Herrlichkeit und welches Heil du dir erringst in deinem unerschütterlichen Streben. Doch einmal ist die Wirkung und die Wende da, die heisst: du Bist in Mir und Meinen Gütern angekommen und wirst heute noch den Siegespreis erhalten, der da ist die spiegelglänzende Bewusstheit deiner selbst als Mich in aller Würde, Wirksamkeit und Wonne, die dem All-Herrlichen in eines Herzens Heiligkeit und Glorie gebührt.

Stimmt der Wohllaut deines Seins mit Meinem überein, herrschen wunderbarer Gottesfrieden und holdselige Gelöstheit im Gemüte deiner selbst und erheben dich in ein urewiges Behagen.

Das ist für dich und alle gütlich vorgesehn, die ihres Seins Gewinnst und Grazie in Mir erkannt und bis zum Letzten ausgelotet haben. Bist du einer von den ihren, frag Ich an und Bist du's, fang Ich sogleich andre Töne an zu singen und beginne die Register Meiner Himmelsharmonie zu ziehn. In Gottes Redlichkeit und Zärtlichkeit getaucht, wird dir das Dasein zur elysischen Mixtur aus Wohlverstand, Glückseligkeit und Seinsbewusstheit ohnegleichen, die sich aus der Vereinigung mit Mir und Meinem universenweiten Sein ergeben. Keine Frage mehr, nur Licht und Staunen, liebevolle Dankbarkeit am Werk, das Ich an dir getan, ist dein Empfindens Glorie und Wohlgestalt in einem. Du Bist und weilst und wachst in namenloser Wonne über dein Geschick, das sich erfüllt in seliger Beschaulichkeit und Seelensicherheit, Bewusstheit und Gefälligkeit des Da-Seins in dem Meinen.

5.2
Ich regiere Mein Bewusstsein nach der Art der göttlichen Substanz, mit der Ich Mich herzinniglich befasst und angereichert habe. Geistreich und genial sind die Gedanken, die Ich pflege in Bezug auf Sein und Leben über Weltenweiten hin.

Nicht schwer fällt Mir der Abschied von der Abgedroschenheit des Hergebrachten, wenn Ich all die Möglichkeiten des begeisternden Gestaltens und Lebendighaltens vor Mir seh. Ich schaue in das Künftige wie einer, der da will, mit Kraft und Würze, neuem Sinngehalt und Glanz begabt, in meisterlichen Zügen. Schon hört er die Schalmeien jubilieren, die das Fest der Innovation, Erspriesslichkeit und Schöpferfreudigkeit begleiten.

Nur darf, ob all der faszinierenden Geschäftigkeit, die Einsicht nimmer fehlen, dass ein Höherwertiges in allen Lebensdingen seine Rolle mitspielt und die deine so dem Seinsluziden und Erhabenen entgegenführt. Was du nimmer für dich selber leisten könntest, leistet es an deiner Statt und bringt dich allgemach mit dem All-Weltlichen zusammen, das da alles ist und regelt und zum Trefflichen veredelt in der Leichte seines götterlichten Operierens.

Mach dir dies zur Sicht auf das, was doch in Wirklichkeit geschieht und schreite tapfer und bewusst, beharrlich und beglückt der Wohlgesinntheit des All-Ewigen entgegen.

5.3
Gottes Weltenfeuer fluten durch das All und beleben die Gestirne bis zum gloriosen Gehtnichtmehr. Gigantische Eruptionen lassen Meinen Zorn erahnen über irgendeine Weltensache, die rasant und rabiat daneben lief. Ich lasse Meine Sonnen sich nach den Gesetzen der Allherrlichkeit verstrahlen und verbreite sie in gähnend offne Universenweiten, Raum entrollend, Neuland schaffend, in die fernsten Fernen greifend, wie es immer Mir gefiel.

Ins Unermessne expandieren ist Mein Ziel, in einem Götteratemzug von unerhörter Konsequenz und Willenswillkür, wie von gigantscher Inbrunst im Äonenschreiten. Mir selber unbekannt und ungenannt geworden, zieh Ich Mich im Sinn titanenatmender Geschäftigkeit zusammen, Glaziale bildend, Sein verwerfend, tatenträchtig, regulierend millionenschwer.

Makrokosmisches ist Mir gegeben ebenso wie das Ins-Winzige-Gepresste, Revoltierende und hektisch Atmende myriadenfältig auch in dir. So kommt Überragendes wie Minikrimes zum Aufwall wie zum Niederfluten in der Pracht der Universen wie im mütterlichen Schoss, zu reiner Gotteswürde, Wohlgefälligkeit und Fabelhaftigkeit, von Mir ersonnen und verwirklicht, leichterdings und souverän.

In Meinem Sein hingegen Bin und bleibe Ich das eine, unberührte, heilige und helle Agens Meiner selbst, das in Glückseligkeit und Wonne west und weilt und in sich stimmig ist und sanft und süss in unnachahmlichem Sich-selbst-Bewahren.

5.4
Hoch und hoch das Knie und Schritt um Schritt voran selbander in unendlichem Durchs-Lebenstal-Marschieren. Ich bau dir eine Hippe, wenn du lahmst, verseh dich mit dem Wasser der Geduld in allen Lagen der geschäftigen Gerissenheit, mit der du alleweil agierst.

Was lehren dich die Meister, die dich unsichtbar, unwandelbar und weisheitsvoll umgeben: Du sollst Feingefühl entfalten, um die Mächte, Kräfte und Gewalten um dich her zu sehn. Für Seelenaugenblicke lang darfst du das Weltbild von der andern Seite her betrachten. Da herrschen Frohmut, Trautheit mit dem Ewigen und immerwährende Gelassenheit im Sein und Weilen. Gütestrahlende Gedanken fachen Freude und Frohlocken in den Herzen der Verklärten an, die ihr Heil und ihre Heimkunft hier in Mir gefunden haben. Mach dir das zum Bilde dessen, was dich dann erwartet, wenn du dich erkennst als was du Bist, in der vollendeten Gemeinsamkeit mit Mir. Holdes Weben, meisterliches Streben sind dein Teil in der Gefälligkeit der Zeit, wie der Erhabenheit des Ewigen, von der sich alle Geistgesegneten umschlungen sehn.

5.5
Natürlich will Ich dir in stetem Brausen und Begüten immerwährend Schutz gewähren. Nicht eines Meiner vielgeliebten Kinder darf ins Arge und Gemeine gleiten. Vielmehr lade Ich ein jedes väter-

lich und mutterherzlich dazu ein, sich ganz konkret und kaufmannstüchtig zu Mir und Meinen Gütern auf den Weg zu machen, unbändigen Willens, reinen Herzens, liebevoll, wahrhaftig, dem vollendeten Vertrauen hingegeben.

Was würde doch für eine wundervolle Erdenwelt erstehen, wenn die vielen Sapperlote, Eigenbrötler und aalglatten Tunichtgute sich verwandelten in freundliche Verfechter wahrer Menschlichkeit voll Treue zu sich selbst und Mir.

5.6
Niemals wirst du Mir entwischen, Bruderherz, derweil Ich höchstpersönlich dich am Tor zum Ewigen erwarte. Wenn du kommst, komm Ich dir allsogleich entgegen und hülle dein Bewusstsein in die Fülle Lichts, in der Ich Bin und wese. Hast du Seelenaugen, es zu sehn, wirst du darob des reinen Seins Glückseligkeit erfahren in elysischer Gestimmtheit und Gewähr. Doch bald entdeckst du auch dein Eignes wieder und malst dir sehr präzise aus, wie du auf Erden warst und wirktest. Die Wirkung deiner Taten fällt auf dich zurück, so dass sie dich erfreuen oder leiden lassen. Das bewirkt, dass du dich mählich danach sehnst, ins Irdische zurückzuwallen, um dort alles gut zu machen, was du fehltest, voll Geduld, Wahrhaftigkeit und Seinsvertrauen, der Vollkommenheit entgegen.

Einmal wirst du dieses Ziel in Schlichtheit, Gläubigkeit und seliger Genügsamkeit erreichen. Dann darfst du dich, als in ein höheres Bewusstsein integriert, erkennen und der Freude innewerden, welche dich darob beseelt. Es ist die Hierarchie der Engel, die dich in ihrem Denken trägt und der du dich vermählst in wundervoll glückseligen Zügen. In ihnen bist du, als im reinen Sein, verklärt und in ihm, als im Lichte der Allherrlichkeit und Güte Gottes, vollends aufgehoben. Wärme, Liebe, Zärtlichkeit des Himmels, Heiterkeit und Helle hüllen dich vollkommen ein und lassen deine Seele sich in Wonne, Trautheit und Erhabenheit verschweben.

Ich Bin, darfst du dir sagen und dir so bestätigen, dass du die höchste, götterlichteste und friedevollste Form des Seins erreicht hast in den Sphären reinen Glücks und gloriosen Freiseins und Erfülltseins ohne Ziel.

5.7
Wirkungsvoll und wahr soll deines Handelns Aufwall sein im allgemeinen Weltgetriebe als von Mir und Meiner Seinskraft inszeniert. Ich liebe Klargesichtigkeit und Ehrlichkeit in den unzähligen Manövern, die die Menschen voll Geschäftigkeit und Eifer Tag für Tag vollziehn. Wessen Werk ist es, will Ich hier füglich fragen? Meines, wenn man's recht bedenkt und alle Werke aller Zeiten fein säuberlich zusammenfügt zu einem Ganzen von gewaltig aberwilligen Dimensionen. Wer ruft nach mehr und mehr und mehr, wenn nicht Mein Wille in den vielen, die da tätig und verbissen ihren Part verrichten in der Meierei von Meiner Huld und Schuld und Meinem unerhörten Selbstgenügen.

Was Ich immer wirke, destilliert sich in den Traum der Massen vom vergnüglichen und angenehmen Leben durch die Jahre ihrer gloriosen Meisterschaft im Tuten und Blasen, im Sputen und Rasen, zahllosen Verirrungen zu. Nur Ich überschaue und wache und baue in stetem Bestreben einfach und gütig, geduldig und weise zu sein im Vollenden dessen, was Ich Mir ins Pflichtenheft geschrieben.

Nun schau, was Mir im glänzenden Äonenlauf gelungen und gebe, still in dich gekehrt, dem Staunen breiten Raum vor so viel Genialität im ausgefächerten Kreieren, Ziselieren und Beleben ungezählter Wunderwerke im Allhier. Es ist entstanden, reden sich die Forscher ständig ein. Ich habe sie geschaffen, Bin Ich Mir so sicher, wie Ich Bin in allen fabelhaften Funktionen und Verbindlichkeiten in der Tage Trautheit, Wohlbekömmlichkeit, Brillanz, Lamento, Glück und Weh. So trage Ich zusammen, was Mir tragbar scheint und verwerfe, was sich nicht verwerten lässt in Meinem Mosaik von staunenswerten Siegestaten. Freude steigt Mir hoch im lauschenden Gemüte, ob jedwelchem wohlgesitteten Gelingen Meiner Provenienz, wie der Gesamtheit Meiner überragenden Ambitionen. Ich mache wieder gut, was Ungeschickte Mir verschüttet haben und gewähre Absolution, wo Einsicht herrscht und guter Wille, aus dem Fehltritt auch zu lernen was dem Tüchtigen gebührt. Am Fädchen der Gelehrsamkeit führ Ich die Einzelnen zur Gloriole ihres Seinsgewissens still und stetig, liebevoll und licht hinan und verwandle mählich ihren Sinn, dass sie von dem, was Ich Mir Bin begeistert und erleuchtet sind in unvorstellbar seinserhobnen Massen. Erkenne, was du Bist, ruf Ich dir zu in milder Minne und mit Donnerstimme und du wirst glückselig sein in deiner Seele seligem Gemach. Erhebe dein Bewusstsein ins Allheilige der Sphären und vernimm den Klang Elysiens im einen, reinen, himmelweit beseligenden Ton.

5.8
Den Wohllaut reiner Güte zu verkünden, heb Ich heut zu singen an und mache Mir kein Hehl daraus, dass die Uhren bei Mir anders ticken, schnurren, surren und bekömmlich ihre Stunden schlagen, als in deinem eignen Solala. Höchstens noch in deinen Träumen mag zuzeiten ähnliches geschehn, was hier alltäglich ist im reinen Seinsgedankenspriessen. Du stehst dabei und schaust, da wird es und beklatscht sich selber voll Begeisterung, ob den so rühmlich vorgetragnen Seinsaffären.

Eine Welt des Anstands, der Besinnlichkeit, der warmen Anteilnahme und des innigen Sich-Begreifens leuchtet auf im Bogen des Bewusstseins, der sich Mir entgegenträgt in feierlich gestimmter Harmonie. Nur heile, lautre heilverkündende und liebenswerte Wesen sind in den erfüllten Geistesräumen von Mir zu gewahren.

5.9
Urwüchsig, resolut und richtungweisend ist Mein Handeln an Mir selbst im Weltenepos, dessen Inszenierung, Führung und Vollendung Ich Mir auferlegte. Was bist du in diesem Regelwerk von meisterlichen Taten? Eine Silbe im äonenlangen Monolog, den Ich mit Mir selber führe, eine lichte Welle im unendlich weitgedehnten Seinsgedankenmeer, in dem Ich Meine Kraft und Meinen Schöpferdrang verflute. Du Bist und bist Mein Angebinde, Meines Götterwillens Wahrspruch und erschütternder Befehl. Du zeigst Mir, was Ich kann im Spiegel Meiner selbst, den Ich in dir und deiner Kompetenz errichtet habe. Menschsein heisst, dem Göttlichen mit Haut und Haar gehören und in der

Einsicht in dies abergründige Mysterium den seinsgerechten Pfad verfolgen, leidenschaftlich, gläubig, tugendhaft, gedankenschwer.

An dir liegt es, das Pensum zeitig zu erfüllen, das Ich Mir in deinem Sinnkreis zu bewältigen beschwor. Ein Habenichts, bist du durch Meinen Einfluss reich und rüstig, manifest, plausibel und bemerkenswert geworden. Nun denn, wende deinen Status auch gebührend an im Aufwall deiner Hühnenkräfte, wie im wunderbar gesättigten Kalkül, mit dem du deiner Ideale fabelhaften Feingehalt vollziehst.

So erweist es sich, ob du in strenger Observanz der Seinsgesetze überaus gewissenhaft, erfolgreich und Mein Reich verherrlichend agierst in deinen Runden, oder ob du dich ins Klägliche verirrst im Abfall von der Gottesgüte, wie im Taumel deiner Eigenwilligkeiten kreuz und quer.

Kann Ich auf dich zählen, ist die bange Frage im Allhier, denn Ich zähle ja auf Mich in deinem ganzen aberwürdigen Gehaben. Da gibt's nur dies: Hindurchzukommen durch die Fährnisse der Zeiten unter Meiner schützenden Ägide und beglückt vom liebevollen Ton, mit dem Ich immerfort mit dir und deinem Wesensein verkehre. Du musst ihn nur erhorchen und schon schwebst du flügelleicht weit über deinen brodelnden Affären in der Freie Meiner Gunst und Kunst dahin, in einem unerschütterlich und glorios getätigten Bewähren. Du schwimmst in Himmelsfreuden, wenn du Meines Daseins Zauberkraft und Minne inne wirst in deinem Gluten. So sag Ich: Fasse dich in Mir in eins zusammen mit dem Weltenwohl, das Ich Mir Bin und das du dir unbändigen Gewissens werden sollst. Ermanne dich zu einer Schau von überwältigender Klarheit,

Gottgefälligkeit, Glückseligkeit und Wonne, die Ich dir in deiner Eigenschaft als Sein vom Sein gutmütig und gewissenhaft, dezent und liebevoll vergebe.

5.10
Wer kann vor sich selber ehrenvoll bestehn, als Ich allein in Meinem himmelweiten Geistesblühn? Generationen von Gelehrten mögen kommen und vergehn, nicht einer weiss sich in das Sein zu schwingen über alle irdischen Blockaden und Behinderungen hin. Wie unbekömmlich müssen sie sich forschend fühlen, wenn sie auf halbem Wege des Erkennens stehen bleiben müssen und in ihrem mannigfachen Tun niemals der ganzen Wahrheit fündig werden, deren Fülle Ich verwalte und von welcher nur die wahrhaft abgeklärt Gewordenen gebührend profitieren. Was alles habe Ich getan, um einer Welt das Heil des Himmels zu verkünden und wieviel taube Ohren sind noch da, unfähig, Meines feinen Rufs Gewissenhaftigkeit gehörig zu vernehmen. Und dennoch gebe Ich die Hoffnung niemals auf, indem Ich selbst den Unbegabtesten an ihrem Wege Brücken der Erkenntnis baue, über die sie aus dem Schattenhaften in Mein Reich des Lichts, der Wahrheit und des Geisteslebens wallen können. Es ist des Seins Erhabenheit, die sie in sich und ihrer Wesenheit entdecken müssen, als die wahre Grösse ihrer Existenz in einer Welt der fabelhaften Kombinationen und bedeutungsvollen Zeichen, die zur Entdeckung und zur Anerkennung Meines Hierseins führen. Somit heisst es jetzt und immer für dich: Wähle, aber wähle, was dir wahrhaft frommt und dich bereichert und beglückt auf deiner Lebensfahrt zu Mir und zu den Meinen.

5.11

Woher bist du gekommen, als du, eben noch in tiefen Schlaf versunken, erwachtest in der stillen Morgenfrüh? Eh du noch eigene Gedanken fassen kannst, lass Ich die Meinen in dich strömen und verlasse Mich darauf, dass sie dir auch bewusst, plausibel und vorbildlich werden in der Worte Stoss, den sie in dir kreieren.

Zu wem kann dies Verfahren führen, als geradewegs zu Mir in das Unendliche, als dessen Meister und Patron Ich Mich voll Eifer, Sanftmut und Bewusstheit präsentiere. Es naht unweigerlich die Stunde, wo du Mich aufs Mal verstehst in jenen Äusserungen, die Mein In-dir-Weben schicklich und galant betonen.

Das ist nun eine voll erwachte Freude, wenn du Meiner dich auf diese Art versiehst und dir die Grazie und Anmut dämmert, deren Ich Mich noch so gern bediene, um Mein Weltenwerk voranzutreiben in der Tage auserlesnem Variantenspiel.

Was ist nun deine Rolle, ist hier füglich und formell zu fragen und dann ins Bewusstsein einer ganzen Menschenwelt zu tragen? Du bist da, um da zu sein im Erdenrund wie in der Lauterkeit der Sterne, um dich ganz nach Meiner Absicht zu entfalten und in deinem Werk das Meine zuverlässig, übersichtlich und bedeutsam zu vollbringen. Sei dir bewusst, dass jede deiner Handlungen auf dem Prinzip von Ich und du beruht und darin eine Einheit bildet von bewundernswerter Innigkeit und sagenhaftem Stil. Du Bist, was Ich dir Bin und fühlst in dir die Neigung, das Unendliche zu akzeptieren, das dich liebevoll von Mir beseelt und deines Lebens Inhalt, Wert und Wahrheit bildet durch der Generationen Wohlklang, Sinngedicht und Gotteswahl.

5.12
Mein Wille sei in jedem Fall getan, will Ich dir füglich sagen. Er waltet mitten in den Vielen, die unbekümmert durch die Lebenstage fürbass gehn. Was geschieht, wenn Ich Mich in dir offenbare? Du erkennst Mich als das eine, reine, feine Sein, das allem seine Gotteswürde, seinen Glanz und seine Grazie verleiht im Wohllaut seelenvoller Weltentage. Wo Ich walte, will sich Schönheit, Traulichkeit und Güte etablieren, die von Mir als Keim ins Menschenherz geflossen sind. Nun wird dir klar, weshalb du immer wieder Geniales, Heldenmütiges und Abergründiges gebierst, denn alles Ausserordentliche kommt von Mir und lässt sich nur auf diese Weise schlüssig und apart begründen. Das ist die Krone der Barmherzigkeit, mit der Ich deinen Scheitel ziere, das Mass der Weisheit, das Ich dir zu trinken gebe. Kommt es, kommt es denn von Mir, sollst du dir ins Gewissen schreiben und genauso geht es wieder, ohne dass du trauern sollst darüber; denn schon steht ein Neues, wunderbar Gediegenes vor deiner Geistestür.

Ich lange dorthin, wo die Gläubigen versammelt sind und verlange nichts als Seinsvertrauen, Andacht und Verehrung Meinem Duktus gegenüber, der in alle offenen Gemüter einfällt, wie der warme, lichte Sonnenstrahl. Es blüht und duftet, strebt und wächst, was du dir Bist unter Meiner traulichen Ägide und bezaubert die Gerechten Meiner Tage als begehrenswerter Gruss von

Himmels Sinn und Gnaden. Merk dir das und halte dich auf Meiner Fährte, ohne schnüffelnd, rüsselnd und verblendet ins Abseits zu gehn. Meine Liebe zu den Meinen steh dir immer als ermunternder Gedanke vor den Seelenaugen und verleihe dir den Mut und die Gelassenheit um, in die Weite schreitend, Meiner Mitte zuzustreben. Sei und sehne dich nach Mir, finde Mich und sei glückselig in des Himmels ewig heiteren und liebevollen Lobgesängen.

5.13
Unbegreiflich und doch in Mir selber fest gefügt, Bin Ich das Wesen der Allherrlichkeit voll Weisheit, Sachverstand und Herzensgüte. Es bietet sich Mir eine Geisteswelt von makelloser Schönheit, Lauterkeit und Trautheit dar, die zu bewohnen einem feierlichen Feste gleicht in nie verebbender Holdseligkeit, Wahrhaftigkeit und Wonne des Michselbst-Erlebens. Indem Ich Bin, bedeutet Mir Mein Sein das alldurchdringende Agens des götterherrlichen Begabens aller Kreatur mit den immensen Kräften, die sie braucht, um sich in seine grandiosen und entzückenden Gestaltungen emporzuwuchten und sich zu stilisieren in der Myriaden Formen, Sinngedicht und Flor.
 Wer begreift im Heute wieder, dass allhöchstes Überlegen, Kombinieren, Reagieren und Verändern nötig sind, um einen genialischen Gedanken adäquat und seinsvollendet darzustellen in der Lebenswirklichkeiten Konsequenz und Schoss. Ich impulsiere Geistesaufschwung überall in Meinen Gliedern und generiere Anmut und Begeisterung am universenweiten Wunderwerk, das eine Gabe

ist an Meine eigene Befindlichkeit, Potenz und Tüchtigkeit im Pläneschmieden. Woher das alles kommt, will Ich als Staatsgeheimnis offenlassen. Wichtig ist Mir der Erfolg und die Gediegenheit der Schöpfungen, die alle Meinen Glanz und Meine Umsicht, Meinen Ruhm und Meine Märchenhaftigkeit begründen.

Jedes Wesen und somit auch du ist Träger Meines Soseins in der Weltstruktur, die Ich in weisem, wirkungsvollen und beseelten Aneinanderfügen vorgestellt und akzeptiert, begriffen und beglaubigt habe.

Wird es dir klar, dass du allwie der Schuss in eine Kette, wie die Farbe auf die Leinwand, wie der Stern in seinen Tierkreis eingefügt und eingewoben bist, dann kannst du auch Vertrauen finden in den Urgrund, der dich trägt und deiner Bildung Stütze ist in wunderbar gesegneten und liebevollen Massen.

5.14

Schiess nicht so vehement ins Zeug, dass keine Umkehr oder Korrektur mehr möglich ist in deinen renommierten Runden. Negative Kräfte sind genug vorhanden, die sich allesamt in ihrer Eigenart behaupten wollen, doch Mich selbst behaupten werde einzig Ich in dir.

Nicht umsonst heisst es, Unwissenheit sei das Perfideste der Übel; deswegen ist es Mir so sehr daran gelegen, das Wissen über Mich gebührend zu verbreiten. Was vordem unbewusst in deiner Psyche ruhte, um sich im gegebenen Momente rigoros und feurig zu entladen, soll dir balde regelrecht geläufig werden aus des Seins erschütternder Gewähr. Mächtig viel wird es dir bringen, wenn du dich erkannt hast als des Seins wahrhafte Zelle und ereignisvolle Präfektur im Vollbetrieb unendlicher Gezeiten. Was Ich dir Bin, sollst du gewahren und sollst es akkurat zu jener Silbe stilisieren, die du dir selber Bist in der Allherrlichkeit der Menschengöttersphären.

Ich wandle hier und wandle seinsgeschwisterlich mit Meinen Bürgen, um Gerechtigkeit und Güte, Liebenswürdigkeit und Grazie unters Volk zu bringen. Denn der Friede und die Harmonie sind Meine besten Trümpfe in der Strategie des Fortschritts und der Zuversichtlichkeit, die Ich mit Vehemenz vertrete.

Was ist das Glück, wenn nicht die strahlende Gewissheit, überall Erfolg zu haben und dabei des Gottes Wunderkraft und Stil, Begeisterung und Heldenmut in sich am Werk zu wissen. Eine Panne kann es da nicht geben, wo das Allerhöchste, Wissenste und Liebevollste seinen Einfluss geltend macht in deinen Zügen. Wappne dich und wisse dich im Sein und seinem himmlischen Genügen, dann darf deine Seele in der Köstlichkeit Elysiens ruhn, derweil noch aberviele Weltenstürme sie umtosen. Wahres Sein ist jeden Herzens Angelpunkt, erhabenster Begriff und punktgenaue Landung an der Stelle der Gottseligkeit und Sanftmut, Klarheit des Gewissens, ewigen Heiterseins und Sternenwohls in Mir.

5.15
Meiner Königswürde angemessen ist das Ziel, dem Ich voll Kraft und Würde pausenlos entgegenschreite. Ich halte alle Macht in benedeiten Händen,

traue Mir das Allerhöchste zu und halte peinlich Wacht an allen Enden über Sternenzüge ohne Rast und Ruh. Meines Willens Kräfte sind der Urkraft angemessen, die noch jede Meiner Gesten unfehlbar durchdringt in der begeisternden Erfüllung dessen, was noch keinem anderen gelang.

Was Ich Mir als Faktum auserwählt und zugeordnet habe, kurz, Mein Sein ist allem, was da ist unendlich überlegen, als sein Vater, Wundertäter und Gespan und wird es auch für alle Zeiten unantastbar, liebevoll, wahrhaftig und bewundernswürdig bleiben.

5,16
Wenn es dir daran gelegen ist, Kontakte mit der Überwelt zu inszenieren, vergolde Ich dein Leben mit beseligender Seinsbewusstheit aus der Fülle Meiner Gottesgnaden. Wer beschreibt die Herzens--wonne, die dir dann zuteil wird, wenn du dich Mir freien Sinns, gedankenlos und willig überlässest in der Absicht, Mir zu dienen und den Tiefen Meines Seins voll Ehrfurcht nah zu kommen. Diese Haltung wird aufs Innigste belohnt mit der Erkenntnis Meiner überragend dargestellten Geisteszüge. Vor dich persönlich tret Ich hin und kröne deines Daseins Traulichkeit und Würde mit der Überzeugung Meines Gegenwärtigseins in dir.

Nun erklärt sich deines Ahnens Überschwänglichkeit von einer Gottesherrschaft ohnegleichen, die den Wesen, die sie in sich trägt, unendlich Liebevolles und Versöhnliches, Gebenedeites und Autarkes angedeihen lässt in vollen, runden Zügen.

Das ist die Sage von dem wunderbar gesättigten Erleben, das dir noch bevorsteht und in welchem du des Himmels Freisein und Entzücken, makellose Helle und Verzauberung erfährst, die allen zugehört, die sich nach seinen Weiten und Begünstigungen, seinem Wonnesein und seiner Zartheit sehnen.

Was hast du vor, will Ich dich fragen? Ist deine Absicht lauter und gewissenhaft, beständig und grazil geworden? Meisterhaft und mild, gütig und gewiss umfang Ich dich in deinem Sein wie deinen Wundern, die die Meinen sind und von den höchsten Regionen zu dir und den deinen niederströmen ohne Wenn und Aber, unablässig, taufrisch, Segen bringend dich entzückend in gottseliger Manier.

5.17
Der Favorit in allen Disziplinen, Steigerungen und Verwerfungen Bin Ich, wie auch der sakro-sankte Sieger mit dem Lorbeer auf dem Scheitel und dem Freudenruf des Publikums in beiden Ohren. Das ist, weil Mir Titanenkräfte, Säfte und Begünstigungen eigen sind von unerreichter Non-chalance und abergründigem Vermehren. Was soll nun die Parole sein, dich aufzuhellen im Gemüt und dir den Herzenstrost zu spenden, den du bitter nötig hast in deinem Drang, auch einmal auf dem mittleren Podest zu stehn und frenetische Ovatio-nen einzuheimsen?

Erkennen sollst du, dass nicht Sehnenkräfte, Zug und Druck und rasches Reagieren die Entscheidung bringen, sondern das nach Mir benannte Flair für übersinnliches Vollbringen. Es muss ein götterlichtes Laborieren und Brillieren, Kalkulieren und Agieren in dir sein, das deine Geistesaugen blitzen lässt und deine Kräfte, als von Mir verliehen, Meinen gleichsetzt bis zum Gehtnichtmehr. Wann immer du erkennst, dass deines Seins Gefieder Meinem bis aufs Tüpfchen gleicht, bist du der Meister deiner selbst und aller Dinge im Allhier, die allesamt dem Sein gehören.

Das ist nun die Bescherung, die dir gütlich offensteht in allen deinen Operationen und Erfindungen, Erleuchtungen und Schnitzeljagden Meiner Art im Sanktuarium von Zeit und Raum, das Ich dir weisheitsvoll zum Aufenthalt gegeben.

Bist du in Mir und Ich in dir, so geht die Einheit allen Seins auf dieser Welt spazieren. Es kann dir nimmer, nimmer nichts Verwerfliches geschehn, solange wie Ich dich und deinen Anhang nicht verworfen habe. Ist das nicht erbaulich, licht und wunderschön? Ich staune pausenlos in dir Mich selber an mit Grübchen der Gottseligkeit auf holden Geisteswangen. Da spricht dich das berühmteste Gemälde von Da Vinci auf dieselbe Weise an, um dich und deine Seele mit dem Ewigen, Glückseligen aufs Allerwürdigste und Feinste zu vermählen.

5.18
Heldenmut beweisen muss ein jeder, der da in des Herren Namen kommt und Seinen Wert, Sein Wort und Seine Zuversicht verkündet, denn die Massen wollen nichts vom Himmel hören. Sie erleben, was sie sind, allwie in einem Nebel, der sie daran hindert, Meiner Geistessonne Leuchtkraft, Herzenswärme, Hingegebenheit und Liebens-würdigkeit zu sehn.

"Meine Gründe sind der Grund, weshalb Ich immer bei euch Bin und bleibe", spricht des Herren

Herzlichkeit und Milde zu den lauschenden Gemütern, welche sich und ihre Sendung in der Welt begriffen haben. Furchtlos und verwegen gehn sie unbeirrbar ihrem Ziel entgegen, dem Unendlichen in ihnen nah und näher noch zu kommen in des Ahnens hellem Schein, dem sie begeistert folgen.

Es ist die Stunde der Wahrhaftigkeit, in der Ich vor sie trete und Mich zu erkennen gebe als das Sein, das allem innewohnt in ewig unverwüstlicher Manier, als dessen Mitte, Umkreis, Leben und Bewegen. Hast du das begriffen, bist du frei von jeglichem Bedenken und erlebst dich in der heiligen Glückseligkeit der Höhn, in die du triumphierend, dankbar, wissend und voll Wonne eingezogen.

5.19
Kostbar und gediegen Bin Ich in der Attitüde reinen Seins, die Ich Mir neuerdings zugute halte. Darüber werden sich noch viele saftige Gelehrte mühevoll den Kopf zerbrechen, weil ihnen so etwas suspekt und reisserisch, unmöglich und verworren vorkommt in der altgewohnten Denkpartie, in der sie sich bewegen. Ich aber nehme Abstand vom bewussten Denken und erkläre selbsterkennend Meine Situation als jene eines Seienden von Gottes Licht und Gnaden. Seiendes jedoch gibt es nur eines in des Alls Behältnis und Befinden und so darf Ich Mich darin als Es allwie in einem unvergleichlich gütevollen und potenten Mutterschosse sehn.

So habe Ich gelernt "Ich Bin das Seiende" zu Mir zu sagen und trete damit in den Status einer Übersinnlichkeit von allumfassendem Bedeuten. Was das heisst, klingt in ein Freudensein von letzter

Konsequenz und überragendem Entzücken aus, von dem die Seinsverklärten allerbeste Kenntnis haben.

Das Schauen eines vollen Geisteshimmels weitet das Bewusstsein ins Unendliche der Sphären und bewegt das Herz zu wunderbarer Wohlgefälligkeit am Sein in ihnen. Hier gewinnt das Unerhörte, Götterlichte stets an Boden, währenddem das Kleine, Personale recht bedeutungslos und schmächtig wird in seinem Operieren. Ich halte Zwiesprach mit den Sternen, lässt sich die Stimme höheren Gewissens leis vernehmen und begreife, was da ist, in wunderbarem Einklang mit der göttlichen Natur, in der Ich Bin und wese. Warme, heitre Fülle ewiger Wonne strömt Mir zu und begleitet Mich für alle Zeit durch Meines Daseins Sinngedicht und Wohl.

5.20
Intimes Lauschen lässt die Seele ihren wahren Stand erfahren, als Gesegnete des Alls in makellosen Seinsbezügen. Es ist, als schwebte sie zur Nacht in Gottes gloriosen Liebesgärten und erlabte sich in Wohlgefälligkeit und Heiterkeit an ihnen. Ins Strahlenlicht des Himmels aufgehoben, seh Ich alles mit verklärten Augen an und was Ich immer schaue, strömt Mir Glück und Seinsbewusstheit, Seligkeit und Wonne zu.

Im Kräftefeld der Vielen dämmert Mir die Wohlgesonnenheit der Geistwelt auf, in der Ich Mich befinde und durch die Ich Mich in Seinsnatürlichkeit und Friedefertigkeit, Manierlichkeit und seliger Gelöstheit winde. Unbeschreiblich ist das Freigefühl das Mich beseelt, sowie das Weben der Gedankenkräfte, über die Ich hier verfüge. Alles ist bewusste Wachheit und Erhabenheit des Ewigen, die sind in Meinem In-Mir-Weilen.

5.21
Unfehlbar Bin Ich, sogar wenn alle Stricke längst gerissen sind in Meinem Mich-Begründen. Lass die Leinen los, bedeut Ich dir und fahre unter Meines Namens Spruch und feuriger Ägide übern Ozean unendlicher Bedeutsamkeit im Pläneschmieden und Verwirklichen. Wie es Mir gefällt, wird alles sich vollenden in der blühenden Synthese aller Dinge und Gewalten, die Ich Mir zurechtgelegt. Weltgewandt und krisensicher ist das glänzende Konzept, dem Ich Mein bestes Wissen und Gewissen zugewandt und eingemittet habe. So brauch Ich nie zu richten über Mich und Mein Gehaben, denn alles fühlt sich makellos und taufrisch an, was Ich in Zeiten und Gelegenheiten lustvoll unternehme.

Mir geweiht ist alles auch in dir und deinem fortgesetzten Brüten. So du dich verwandelst, wandelst du zu Meinem Lichte in der Leichtigkeit des Seins, die allen zusteht, welche Meinen Rat befolgen in des Wohlgeratens Sinnspiel und Bravour. Darin erfüllt sich, was Ich längst verkündet und verwirklicht habe, dass die Meinen Mein sind bis zur letzten Faser des Gewissens, das sie in sich tragen. Eine Einheit bilden sie mit Mir von überragendem Bedeuten, das Bewusstheit, Genialität und stete Wachheit in sich trägt, auf die sich alles gründet, was Ich Mir zu wirken auserkor.

Dem Sagenhaften zugewandt Bin Ich seit eh und je und Bin sein Inhalt und Brevier in wunderbar gewandten und ereignisvollen Zügen. Was niemand sonst sich selbst gewährte, lass Ich lauter und voll Inbrunst in Mein Seinsgewissen fahren, um der strahlenden Impulse willen, die Ich ständig zu versenden habe.

Lass es dir angelegen sein, Mein allerwürdigstes Konzept als deins zu übernehmen und mit ihm die Menschengotteswürde zu erlangen, die Ich für dich ausersehen habe. Du wirst Freiheit, Glück und Grazie des Himmels daraus ernten und mit spiegelblankem Seinsgewissen aus den Prüfungen hervorgehn, die Ich dir wissentlich und weise auferlege. Was Mein Wille ist, soll auch der deine sein und soll dich mählich und vertraulich, brüderlich und unerschütterlich ins Wonnesein des Ewigen führen.

5.22
Rechtschaffen, liebevoll und heiter sollst du durch die Lebenstage fürbass gehn. Geschmack sollst du an allem finden, was der Seele gut tut auf der Wanderschaft in Meine Gründe, Geistesaben-teuer, Wohlbekömmlichkeiten und Begeisterungen bis zum allerhöchsten Ziel. Einmal muss es auch dir dazu reichen in des reinen Seins Erhabenheit und Fülle einzugehn. Eine Ahnung soll dich dorthin führen, wo du klar und deutlich weisst: Ich Bin das Sein in voller Ebenbürtigkeit, Bewusstheit und Regie.

Was ewig wirkt, ist Meiner Stärke sinnenfälliges Geraschel. In den Sphären Meiner Geistesruh sind Wachheit, Toleranz, Wahrhaftigkeit und Güte an der Front von Meinem Auf-Mir-selbst-Bestehn. Ich überbiete Mich in nigelnagelneuen und geschniegelten Produktionen und lächle allem Werden Meines Seins Unendlichkeit entgegen. Hinter Mir ist nichts als Leere, vor Mir Fülle des Genesens und Erringens neuer Kostbarkeiten aus des Götterherzens liebevollem Gral. Ich ernte, ohne je gesät zu haben, Weltenwunder aus unendlichen Ressourcen, die seit eh und je in Mir bestehn. Das ist nun exzellente Fairness, wenn Ich Mich in alles, was Ich Bin, aufs Innigste verteile, um die Einheit allen Seins entschieden und voll Grazie zu bewahren. Was ist grössre Wonne, als dies götterlichte Wohlgeborgensein in Mir zu spüren; was ist edler, als Mein Richtspruch über alles, um die Schicklichkeit zu mehren und das All in Meinem Meer von Güte und Gerechtigkeit zu baden.

So steht's mit Mir und allem, was Mein Eigen ist, im Reich der göttlichen Vernunft und des gediegnen Selbstverstehns. Erwarme dich an Mir und treibe Hoffnung in dein Sehnen, dass sich alles noch zum Götterguten wendet im Gewirr der Zeit und in der Seinswahrhaftigkeit der Sphären. Komm Mir in der Liebe nah, die Ich ins All versende und lasse dir von Mir die Wiege reinen Glücks bereiten, wie im Hier, so im holdseligen Sternenwohl.

6

Die Lauterkeit des Himmels

6.1

Achtbar und verführerisch in einem sollst du sein, damit man dich im Leben brauchen kann, wie eine Biene, die mit ihrer Wespentaille und mit ihrem Fleiss von aller Welt bewundert und begehrt wird. Solche Seinstalente sind auch dir gegeben zweifellos. Du brauchst sie nur zu ahnen und aus dir herauszuziehn, um sie zum grössten Nutzen deiner selbst, wie deiner Umwelt, hochzustilisieren. Da gestatte Ich Mir, dir den Tipp zu geben, dass du aus dir viel mehr erwirken kannst, als du je dachtest. Wende dich Mir zu, will Ich dir damit sagen und verbünde dich mit Meinem Schwung und Charme, wie mit der Lauterkeit des Himmels, die von Mir das allerwürdigste und genialste Zeugnis geben.

Nicht Ich, nur du sollst dir beständig in Erinnerung rufen und dabei der Überzeugung frönen, dass das Unverwüstlichste und Figalanteste der Welt von Mir geleistet wird im Reich des Riesenhaften, wie in dem des Minikrimsten, in denen Ich der unbeschränkte Herrscher Bin von Gottes Seinssalut und Gnaden.

Begreifst du nur ein Quentchen von dem Überragenden, das Ich dir Bin, stellst du dich ungesäumt zu Mir und unter Meiner Schwingen schützendes Gefieder. Denn nicht umsonst steht da seit Urzeit hingeschrieben: Gott allein ist gross und Mohammed, der Treue, sein Prophet für Zeiten und für Ewigkeiten in der Gloriole seines Herrn, der auch der deine ist in unnachahmlicher Bravour. Gewahrst du, wie Ich stets am Werke Bin des Seins-Beförderns und der wissentlichen Weisheit, musst du Mir unweigerlich Bewunderung und Achtung zollen in der Mustergültigkeit und Redlichkeit deines Benehmens.

Schliesslich bist du jemand, der in Mir den Anfang und das gloriose Ende findet als ein Seinsgestalter ohnegleichen und als Abbild, Abgeordneter und Diplomat von Meinen Gnaden. So Ich dich will, will Ich dich so und lasse dir kein Härchen krümmen auf der Bahn in Meine Weiten und Besonderheiten, Meine graziösen Fluren, Mein Geschick, Mein Edelrittertum und Meinen Nimbus des allweltlichen Bewegens.

6.2
Liebevolles Beileid sende Ich den geistig Abgestorbenen, die von Meines Reiches Reichtum keinen Deut verstehn. Wahrlich nur von ihrer Welt sind sie im Tanz ums goldne Kälbchen, das gar lustig, hurtig, vif und unverschämt mit seinem Blendwerk Beute macht im beutegierigen Völkchen. Sapperlot, wie wenig haben die, auf diese Art Verführten, doch verstanden, um was es alleweil im Leben wirklich geht: Wenn nicht ums Festgefahrene, so eben um das fliessend Scintilierende, geheimnisvoll Umschwebende der Geistesgegenwart, in der Ich immer da Bin, wo Mich eine Seele innig sucht, um Meine Tröstung zu erfahren. Ein Gott der Unbekümmerten, Bescheidenen und Liebevollen Bin Ich, der auf alles steht, was mild und gläubig, seelenvoll und anerkennend Meiner Weisheit Regel Folge leistet, mitten im Geschwätz und Trubel der Geschäftemacher und Versierten.

Schau doch, wie Ich Balsam in die Weltenwunden träufle und aus ihnen Wunder des Begreifens und Beglückens generiere. Niemals brech Ich über Abgefallenem den Stab, weil Mir bis zum Allerletzten alles kostbar ist, was Ich Mir Bin im grossen Einen, das in Meinen Händen liegt. Ich erhebe und befördere auf Meine Art, was immer sich entfalten will im seinslebendigen Gefüge. Den Geist der Hoffnung lass Ich walten in den Seelen derer, die inständig und beständig nach Mir rufen. Mein Gesetz besagt, dass von den Höhn ein liebevolles Echo widerhallt auf alle Äusserungen deinerseits zum himmlischen Idol.

Was sich in Trautheit Meinem Sein vertraut, wird auch in Traulichkeit und Herzensgüte enden. Komm und sieh und sei glückselig in der Heiterkeit und Wohlfahrt, Gnadenfülle und Beliebtheit Meiner Sphären.

6.3
Meine Liebe, deine Liebe und kein Ende in den Sphären Meiner Ruh, wie in der Widersprüchlichkeit der deinen. Ich reiche dir die Hand zum Lebensbunde licht und lauter, ohne Mich zu zieren vor der Rauheit, die Mir deinerseits entgegenweht. Viele Scharten sind bei dir noch auszuwetzen, bis dein Leumund Meinem Mass untadelig erscheint und du dich nahtlos einfügst in die Reihen der Verbündeten allhier.

Jede Einung macht auf ihre Art Geschichte und in ihr geschieht gar vieles, was Furore macht in allen Regionen menschlichen Bemühns und himmlischer Geselligkeit. Nun gilt es zu begreifen, dass in Meinem Schauen nur ein Weltsein existiert, in welchem göttliche Gedankenkraft und ewige Herzensgüte dominieren. Mein Sein vollzieht sich überall, wo Leben ist und Klugheit, Geistesgegenwart und überirdische Gelöstheit in der Weltenwirklichkeit, die Ich begründet habe. Hast du dies begriffen, gibt es auch für dich allüberall nur noch das eine, götterlichte Sein, in dem die strahlenden Verklärten ihre Gegenwart, die Stillung aller Sehnsucht und ihr silberhelles Seligsein gefunden haben.

6.4

Taufrisch sind die allerersten funkelnden Gedanken in der Morgenfrüh. Sie eröffnen einen buntgescheckten Reigen meisterlicher Überlegun-gen, die allesamt berufen sind, dem Tag die rechte Lenkung, Weihung, Würde und Erfülltheit zu verleihen. Ich mache Mir nichts vor, wenn Ich bedenke, wie viel energetische Bewusstheit, die Ich an das Weltgeschehn vergebe, noch verpufft und sich ob allzuvielen kraftverschwendenden Erwä-gungen im Erdenrund verliert, derweil nur die vifsten unter den Gedankenträgern ihre Mission in gött-licher Manier erfüllen durch den Menschentag.

Ich verlange auch von dir, dass deine Züge der Wahrhaftigkeit im Denken und Die-Situation-Erfühlen stets lebendiger und effizienter werden, womit der Hauch der Göttlichkeit, den Ich bewusst und heiter über alles lege, mählich ins Erscheinen tritt und alles gut und gütig macht, was Ich so wohlbedacht und sinnvoll angestossen habe.

Du stellst dir gar nicht vor, mit welcher Akribie und Überlegenheit Ich hinter allem steh. Entdecke, wie Ich den Geschicken ganzer Völker auf die Beine helfe und sie Menschenwürdiges, Fortschrittliches und Grandioses sinnen lasse in vertrautem, gütigen Korrespondieren.

Der Gedankenlosigkeit stell Ich erstrahlende Bewusstheit, Genialität, Geduld und Wirksamkeit entgegen, die alle darauf zielen, eine götterlichte

Atmosphäre und Betriebsamkeit zu generieren unter den Gerechten Meiner Tage. Schliesslich geht es um das Wohl und Wehe vieler Generationen, die in ihrem Dasein Sinn und Schönheit, Auserlesenheit und Grazie des Himmels sehen sollen.

Lass auch du, so bitte Ich an deines Herzens Tor, jedwelchen Schlendrian beiseite und ermanne dich, lebendigen Geblüts Mein Licht und Meine Wahrheit zu verkünden, als ein gottgesegnetes Idol der Stärke und Gewissenhaftigkeit in deinem Dich-Begründen. Das macht, dass Frieden, Harmonie und Hoheit herrschen, wo du Bist und deine Welt regierst und dass du Born bist einer friedevolleren und seinsnatürlicheren, liebevolleren und glücklicheren im Allhier.

6.5
Bist du opferwillig, kann Ich dir leichter helfen auf dem sinuösen Pfad zu Mir. Es gilt Wahrhaftigkeit zu üben gegenüber dir und deiner Neigung, stets das Gefälligere und Bequemere zu wählen, statt das Wesentliche, um voranzukommen und den Tageslauf in Ehren und mit wohlerworbenem Gewinn und Saldo zu vollenden.

Meine Botschaft und Mein Dienstbefehl verlangen konsequentes Handeln, Ehrlichkeit und peinliches Befolgen der Gesetze, welche du dir selbst gegeben. Meine sind es, wo du auf den Spuren göttlichen Befindens und Erfindens frisch, fromm, fröhlich, frei einhergehst ohne stets nach Minderem zu schielen. Im Grund genommen ist dir längst bekannt, was du zu tun hast, um ein rechter Mensch und makelloser Diener Meiner Herrschaft und Entschiedenheit zu werden. Wende dich Mir zu und sei in Mir, mit jedem Handgriff und mit jeder Äusserung, die du dir leichterdings gestattest, anstatt ausser Mir, denn dort bist du erbarmungslos verloren.

Deine Wende ist allüberall die Meine, insofern du Mir gestattest, deine Zügel in die Hand zu nehmen, um in wachem Trab geradewegs das Anvisierte zu erreichen, als Mein hochkarätig wonnevolles Ziel.

Ich treibe dich zur Wachsamkeit und treibe aus dir wundersame Blüten der Holdseligkeit am Sein und Leben allsolange wie du willig bist, nach Meinem Wort und Sinn ins Künftige zu streben. Bezaubernd und beglückend sind die Werke, die durch Mich geschehn und wer da glaubt, er habe seinen Ruf und sein enormes Renommee vollständig aus sich selbst erworben, irrt, denn seines Tuns Talente sind allein aus Mir gediehen und von Mir geliehen täglich, stündlich in der Wohlbekömmlichkeiten Zahl.

Geh nun in dich und sage: Ja, mir hat schon immer das geheimnisvolle Es das resolute Meinetekel an die Seelenwand geschrieben: Glaube, dass Ich Bin und sei darüber glücklich und erlöst von vielerlei Illusionen in des Lebens Lust und Zitterspiel. Sei und sichere dir so das Götter-herrliche, das in dir west und dich in alle Himmel der Verheissung hebt, wenn du es nur gewähren lässest. Suche nicht, doch finde alles, wessen du bedarfst in Mir, denn ohne jede Finte führ Ich dich ins lichterstrahlende Elysien, wo sich des Geistes Abenteurer tummeln und Liebe, Freundlichkeit und Seelenseligkeit hervorströmt aus den Seinsverklärten, die Meinen Namen auf der Stirne tragen und sich so im Kreis der Würdigen holdseligen Salut entbieten.

Was ist Heimkunft, wenn nicht dies und was ist Seinsglückseligkeit, wenn nicht das Eingehn in die Herrlichkeit des Herrn und seine allweit etablierten, wundervoll beseligenden Sphären.

6.6
Edelmut, Wahrhaftigkeit und unbeugsame Willenskräfte sind das Windspiel, dem Ich auf der ganzen Linie Meinen strahlenden Erfolg verdanke. Ich übe, wo Ich kann und laufe Mir die Zehen wund, um stets als Erster feierlich und hochgejubelt durch das Ziel zu jagen.

Mein Ansatz ist entschieden dem des Hechtes zu vergleichen, der wie kein andrer hochschnellt, seinem Brutgeschäft entgegen. Ich mache klar, dass Meine Aberkräfte niemals überboten werden können und setze Meinen gloriosen Seinsrekorden immer neue zu, um Mich Mir selber zu beweisen, als der Held der Weltgeschichte, pochenden Geblüts in überwältigendem Mich-Verstrahlen.

Begehrst du Halt, so halte dich getrost an Mich, um alles haushoch wettzumachen wes' du selber nimmer fähig wärst in deinen wirrsten Strampeleien. Desgleichen gilt für deine siegessüchtigen Versuche, mehr zu sein als alle Konkurrenten in demselben Fach und Stil.

Mühelos erreiche Ich das Ziel, Mein Raumgefühl bis ins Unendliche zu weiten, um dort anzukommen, wo nichts und niemand jemals war. Mein Mich-Vergluten zündet Höhenfeuer an von Strahlkraft ohnegleichen und leuchtet aller Welt aufs Überzeugendste voran mit seinem aberwilligen Ritual.

So Bin Ich stets das Mass, der Merkpunkt und die trefflichste Allüre aller Dinge im Allhier, allein um dir zu sagen: Wende dich in Traulichkeit Mir zu und spüre, wessen Vaters Kind du bist und welche Himmelskräfte in dich ragen. Weide dich am Sein, das du dir bist von Meinen, wie von eignen Gnaden und ermanne dich dazu, dir selber Weltgewandtheit zu erweisen. Denn unauslöschlich steht geschrieben, dass du Bist das Sein vom Sein, wie Ich und alle Meine Bürgen der Allherrlichkeit in ihrem götterlichten Wesen. Sei und überwalle alle Daseinswidersprüchlichkeit mit deinem eminenten Strahlen. Wirke letzte Wahrheit als in Mir, mit Mir und Meiner Geistesabenteuerlust im Glanze Meiner glückerfüllten Sphären. Mach es wahr, dass alle Menschensehnsucht sich in dem erfülle, was du Bist und was schlussendlich alle sind in ihrem Werden und Vergehn, Bejahen und Verneinen, Wollen und Erreichen, heldenmutig, heil und heftig, heiter und beschwingt im überirdischen Genesen.

6.7
Als ein wunderbares Sein von eignen Gnaden seh Ich Mich allüberall am Werk der hunderttausend Variationen. Begeisternd und befreiend ist es, einzigartig, genial und sakrosankt zu sein im unerschütterlichen Einklang mit dem Einen.

Hast du dir überlegt, auf welcher Seite du dein künftig Lebensabenteuer zu bestreiten vorsiehst: Der unbewussten, eigenbrötlerisch saloppen, welche dich unweigerlich aufs Glatteis führt oder Meiner meistergültig Ziselierten, wunderbar Gefälligen, die aller Herzen Sehnsucht stillt und Ewiges zu deuten fähig ist in ihren gotteslichten Wundern.

Mandarin der gloriosen Hoffnung auf die Wiederkunft in Mir darfst du dir sein, sowie du Selbsterkennen übst in allem Ernste, bis du Mich in dir gefunden hast und alles Haderns Ende eingeläutet ist im Dom des Heils, der Heiterkeit und Liebeszärtlichkeit von Meinem Rang und Meiner Weisheit Namen.

Ich Bin Mir was du Bist und du bist Meiner Stärke, Wohlbesonnenheit und Inbrunst wundertätiges Idol. Das ist ein nie versiegendem Gelehrtentum am Teich der stillenden Betrachtung Meiner Güter, die da sind vom Himmel und der Geistigkeit in allen Regionen Meiner universenweiten Kür. In der Gemeinschaft mit Mir selbst in allen Seinsverklärten find Ich Meinen Ausgang und Mein Ziel und Bin auf immer der erklärte, unversehrte Sternenvater alles Seienden in ewigem Wonnesein und liebevollem Mich-ins-All-Verströmen.

6.8

Notabene Bin Ich ohne jedes Wenn und Aber gegenwärtig und vernetzt mit allem, was da ist im seinslebendigen Gefüge. Augentrost Bin Ich für die Betrübten, Wärme, Glück und Zartheit für die Liebevollen, die sich ihres Zustands wegen wie im siebten Himmel fühlen. Was Ich nicht verhehle, ist die immerwährende Besorgtheit um die Meinen, die noch viel zu oft im Trüben fischen gehn und die sich ihrer Gotteswürde nicht bewusst sind im Lamento, das sie stets vollführen. Es geht nicht an, dass nur ganz wenige imstande sind, ihr Sein bewusst und heiter, unbefangen und beseligt wahrzunehmen, derweil noch Myriaden unbewusst, abhängig, rastlos, ziellos und verloren eine Beute ihrer

Eigenwilligkeit und Schalheit sind in ihrem Sich-Verbluten. Da hilft kein Pülverchen, um echt und wesenhaft voranzukommen in des Daseins Regelwerk und Seinsprofil. Es muss Besinnung herrschen über das, was die Geschöpfe überkommt unweigerlich und schicksalsträchtig, schmerzhaft und final.

Dass Ich als Gottesgeist in allem Bin und webe, muss erkannt, geschätzt und in die gängigen Maximen eingefügt und eingemittet werden. Erkennst du Mich in dir, nimmt alles eine Wende hin zum götterlichten Alphabet der Hoffnung auf ein Ewiges, das alle Welt regiert und dem man zutraut, Lösungen für jede Bockigkeit und jedes rabenmütterliche Phänomen zu finden in der Zeiten Sinngedicht und Strömen.

Ich mache wahr, was alle Welt ersehnt, dass Herzensfriede einzieht in die harrenden Gemüter und belohne jedes Innehalten vom rasantem Tun mit einer Seinsbeglückung ohnegleichen, die die Seele stärkt und sicher macht in ihrer lichtdurchfluteten Struktur, in ihrem All-Sinn, wie der Faszination, die ihr das Übersinnliche gewährt. Geliebt, geführt und aufgehoben bist du alleweil in deinen Wundern und darfst selig sein in der Bewusstheit deiner überirdischen Ranküre, wie auch in des Seins Begriff, Erhabenheit und Stil.

6.9
Befehlslust hat Mich einst gewaltig in Beschlag genommen und daraus hat sich in massgeschneiderten Äonen eines Alls Selektion und Ehre, Tragödie und Herrlichkeit geformt, von Meinem Sein durchlichtet und bewegt. Was immer Ich zur

wohlgemeinten Wirklichkeit erhebe, kann nur ein Abglanz dessen sein, was Ich Mir Bin in ihr und daraus folgt: Du lebst und wiegst dich in gewaltigen Illusionen. Das hat es dann in sich, dass viele hochgebildete und weltgewandte Professoren und Gelehrte ihre Weisheit ohne Meinen Glanz verkünden.

Eine Narrheit ganz besondrer Art begehen diese, weil sie sich damit im Grund genommen selber ad absurdum führen. Denn wüssten sie, dass Ich sie Bin, vermieden sie es tunlichst ihren Eigensinn zu propagieren. Denn Ich weiss, dass Ich der Eine Bin, an dessen glorioser Hitparade, Leuchtkraft und Bewegtheit alle Lebenswelten hängen. Die reine Unschuld Bin Ich Mir und Meinen Aufgeklärten gegenüber, die sich selber nicht zur Farce machen und begriffen haben, welchen unschätzbaren Tiefen sie in Mir anheimgegeben. Zähle du dich ihnen zu und sei Mein Wesens Aperçu und Rarität, Mein Diktums Folgerichtigkeit und Meines Gläubigseins Bewahren. Ich Bin dein Wohlverstand und deines Wonneseins Verdikt, will Ich dir sagen, auf allen Stufen deines Seins, dein würdiger Prälat und deine Aussicht auf holdseliges Gelingen deiner Pläne und Besonderheiten. Schliesslich Bist du, was Ich Bin und endest in der Einung mit Mir, als dem Wunder der Allherrlichkeit und Himmelszartheit, Liebefähigkeit und Heiligkeit in lichterfüllten Sphären.

6.10
Irreversibel ist die Hochfahrt in Mein Reich der guten Absicht, wie der Verwirklichung der Pläne für dein integrales Heil in deinen Seelengründen. Es mutet wie ein Märchen an, wenn Ich dir so erzähle,

wie unvermittelt nahe Ich dir Bin in deiner Virtuosität, dich abzulenken von dem Eigentlichen, das dich schlichterweis beseelt und prächtig schmückt und lebelang lebendig hält im Aufwall deiner Tage.

Kennst du das Hohelied vom Söhnchen, das verloren, einsam und verlassen hin- und widerging am Wüstenrand, wohin es übermütig sich begeben. Kaum aber hat es an des Vaters Haus gedacht, das ihm schon längst entschwunden schien, durchströmt es eine Wärme sonderbar und allgemach erinnert es sich an das Übermass an guten Gaben, die ihm dort gewährt und freudig zugehalten wurden. Es macht sich auf den Weg und trippelt Tag für Tag der Heimkunft in des Vaters Haus und Herrlichkeit entgegen. Wie wird es aufgenommen? Licht und leicht und schön, mit aller Ehre, die dem Kind gebührt aus allerbestem Hause, wenn es nur den Ursprung und die Stelle sucht, wovon es vor Urzeiten ausgegangen. Gerade das bist du und sind noch alle, die im Grund genommen auf dem langen Heimweg sind ins Reich des strahlenden Bewusstseins ihres göttlichen Bezugs in fabelhaften Geistesgründen. Aller andern Welten Sein liegt ihnen gnädiglich zu Füssen, wenn sie diese eine, Meine, wundertätig in sich sehn.

Es schweigen alle Wünsche dem, der sich mit dem Unendlichen vereinigt sieht. Sein Bild in dir zu tragen, kommt der höchsten Bildung gleich, die ist im Weltgefüge und gewährt dir Schutz und Sicherheit, Holdseligkeit Elysiens und namenlosen Frieden.

6.11

Metamorphose in Myriaden Zellen Meiner Geisteswirklichkeit von alles überragendem Bedeu-ten. Was immer lebt und sich bewegt und von der Stelle rückt, verändert sich in Mir. Education kann ihren Zweck und ihre Wirkung nicht verfehlen, wenn sie nach Meinem Pflichtgefühl und Mass geschieht in den gehorchenden Gemütern. Nun horche du, wie an der Wand zur Ewigkeit und lass dir von Mir sagen, dass du ganz gehörig mehr bist, als du je geahnt in deiner Seele lauschendem Befinden. Sie ist mit purer Göttlichkeit begabt, derweil sie lichterstrahlend ist das Wesen reiner Güte und Rechtschaffenheit, des Trosts und Heils für eine Welt des Haders und der Tücke Tag für Tag. Aus Meiner Sicht ergibt es sich, dass alle deine Fäden mit den Meinen auf das Innigste verbunden sind und so die Einheit allen Lebens generieren, die Ich Bin in dir und Mir, wie im allweiten Fluidum der Götterherrlichkeit und ihrem überwältigenden Sich-Verstrahlen. Ich spende warmen Glückes Pracht und ernte diese von den Wesen wieder, die in Ehrfurcht, Himmelsweisheit, Dankbarkeit und Herzenswonne in Mir weilen. Wirbelwind im Rosengarten, zerzauste Blüten überall und eine lahm gewordene Fontäne: Sinnbild deiner Seele, deren Hoffnungen enttäuscht und deren Flügel arg beschnitten worden sind. Ich aber lasse sie mitnichten darben, wenn sich nur ein leiser Schimmer des Vertrauens in ihr offenbart in Meine Güte und erbarmende Geduld. Enttäuschungen sind dazu da, den Glauben anzufachen an die unerschütterliche Hoheit Meiner Liebe zum Geschöpflichen und Irritierten in der Tage Sammelsurium und Rücksichtslosigkeit, die so sehr "en vogue" gekommen sind.

In die Länge, in die Weite zieh Ich Meines Flors Bedeuten unfehlbar, um allem Leben und Bewegen einen Halt und sammetsanfte Unterstützung zu gewähren. Riesengross ist Meiner Mittel Arsenal, um Bettler aufzurichten und An-sich- Verzweifelte voll Sanftmut in die Kunst des Sich-Verschenkens einzuführen.

Weit und würdig wird auch deine Seele, wenn sie sich bei Mir den Ruf der Unvoreingenommenheit und Spendefreudigkeit erwirbt in ihrem Streben nach Gemeinschaft, Einigkeit und Wohlverstand im menschlichen Gehaben.

Denn, was bist du anderes, als eine Variante Meiner eigenen Struktur, ein noch nicht ganz geratener Dreikäsehoch von Meines Bildens Kraft und Meines Vaterherzens Gnaden. Ich will dir Wohl, ist damit ausgesagt und bestens ausgewiesen. Denn, was immer dir missrät, ist Meines Tuns Missraten und was dir wohlgelingt, ist Mein begeisterndes Gelingen an der Welt, die Ich Mir zur vollendeten Entsprechung Meiner selbst erkoren.

Nun lass Ich des Gedankens Fülle und Beschäftigung als in sich selbst befriedet und beseligt ruhn und überlasse dirs, die Zuversicht auf was Ich Bin gehörig zu begreifen, um dabei, was du Bist, in deinem wonnevollen Ahnen auferstehn zu lassen.

6.12
No comment zu dem, was Ich dir hier zu deuten habe. Alles ist unwiderstehlich wahr und weise, glorios und segenvoll, was von Mir kommt und von der Erde bis zum Himmel reicht im göttlichen Bedeuten.

Es zeigt sich dir ein auserlesnes Angebot, von Sachverstand und Süsse, Wahrhaftigkeit und

Virtuosität geprägt, das alle sehnsuchtsvollen Herzen höher schlagen lässt mit seinem konsequenten Deine-Seele-ins-Erhabene-und-Übersinnliche-Entführen. Mir macht niemand etwas vor - und nach, im Sinn des genialen Kombinierens der Gedanken zu Erklärungen und Definitionen, die wie hammerfest geschlagne Nägel unverrückbar sitzen und sich selbst behaupten in der Galerie des Rechten, das Ich hier mit Vehemenz vertrete. Es ist die Rede von dem reinen Sein, das sich in allem Weltenwesen als die Geistesgegenwart erweist im Hauch des Lebens, der uns allüberall entgegenweht. In dir, in Mir, in jedem noch so kleinen Elemente äussert sich dasselbe unerschöpflich weise, wissende und liebevolle Fluidum, das alles ist und das Ich Bin und das du Bist und dem wir alle wunderbarerweis anheimgegeben.

Nichts weiter als das Seinsbewusstsein sollst du dir erringen, denn daraus erspriesst dein ultimates Heil und deines Wesens Wonne an der Götterherrlichkeit, die dir damit für immer in die Hand und ins glückselige Herz gegeben.

6.13
Alphornklänge fliessen in ein heimisch Herz wie Rosenbäumchenduft im Sommergarten. Für immer ist es Heimat, die du suchst und letztlich nimmer findest in den Triften, wie im Herdenläuten hier. Es muss ein anderes, Beständigeres geben, das dich voll befriedet und den Sinn zu Sphären lenkt von überirdischer Natur, die sich als seinsgewisser, liebevoller, wohlbekömmlicher und menschenfreundlicher erweisen.

Jawohl, das recht zu glauben sprech Ich dir begeistert zu, denn in Meinem Sein sich zu erkennen, übertrifft bei weitem jedes heimatliche Hochgefühl. Es ist ein Dich-entzückt-und-wohlgefällig-ins-Unendliche-Erheben, das dir unvermittelt und galant bevorsteht, wenn du nur geduldig und beständig immer wieder innehältst in deiner rasenden Begier, noch mehr zu wollen und noch mehr Bedeutung zu erlangen im so zweifelhaften, irdischen Olymp, dem du dich leichterdings anheimgegeben.

Ich spreche dein geheimnisvolles Inneres an mit dem für dich so seligmachenden und überragenden Sermon, den Ich bewusst auf Augenhöhe mit dir halte, um zu unterstreichen, dass wir in derselben Lage uns befinden, nämlich in der alles überragenden des Seins in sakrosankten Gottesgründen. Denn in Mir ist dir Unendliches gegeben ohne Zweifel jetzt und immer in der Freundlichkeit Elysiens, die du in Geistesfrische und Gelöstheit allsobald betrittst, wie deine Sinne sich zum Sein in Meinem Reich der Wonne und Glückseligkeit bequemen.

Lass es nun gut sein und ergib dich Meinem zarten Werben um dein Wesens Wert und Würde in der Meinen, das dein Sein verwandelt ins Verklärte, Wissende und Weise Meiner Göttergunst und Meines liebevollen Strahlens. Sei und habe nichts mehr zu befürchten, liebe Mich und alles ist geliebt und lieblich, wie in eines Rosengartens Fülle in der Ewigkeiten silberhellem Flor.

6.14

Wer wird in den Himmel aufgenommen, wenn nicht jene, die Mir treu ergeben sind und die in ihrem Gut- und Gütig-, Makellos- und Gläubigsein Mir gegenüber nimmer wanken. Ich zähle auf Geduld und Gleichmut in den Rängen der versierten Gottesnarren, die sich als Gesandte und Geliebte des Allherrlichen verstehn.

Nun kannst du wählen, welches Rollenspiel und welchen Status du erringen willst in deinem Deine-Lebenswelt-Begründen. Da rat Ich dir, nicht eben zaghaft zuzugreifen, sondern voller Ernst mit Überzeugung und Gewissenhaftigkeit gerade auf dem Anspruchsvollsten zu bestehn, was dir begegnen kann und was dann auch dein Gottesheil begründet, lobesam und wahr.

Früher war es die Tonsur, die den Entschluss vor aller Welt verkündete, in Gottesminne und Genügsamkeit zu leben. Heute offenbart der Glanz in deinen Augen, was du wirklich willst in deinem Langen. Mir gefällt es, dich und alle in die höchsten Höhen aufzuheben und euch zu bedeuten, dass ihr seid von Meiner Art Gewordene, sowie vom Sein beglückte Gotteswesen.

Nimmer wirst du untergehn, weil dich Mein Licht und Meine Lebenskraft beseelen. Es kommen und verwehn Äonen und du Bist dasselbe was Ich Bin, das Sein, als zeitloses Fluidum in aller Welten Wirklichkeit und Strahlen. Erkenne dich darin und du bist frei von allen Illusionen. Sei Mein eigen und der Glanz Elysiens strahlt dir Glückseligkeit und Wonne, Zärtlichkeit des Himmels, ewige Heiterkeit und liebevolles Freudenlicht entgegen.

6.15

In festlich aufgesetztem Sange preist ein lichtvoll freudig Heer das Sein, dem es sich eingeboren sieht und das ihm gnädig ist in wunderbar gesegneter Manier. Auch du sollst Meiner Züge Wohlgesonnenheit erfahren, auf dass dein Herz in jubelnder Begier am grossen Loben teilnimmt, das Ich in den Geisteshöhn erfahre. Es ist, dass Ich die Wesen allesamt im Wonnesein bewahre, wenn sie nur Meine stete Gegenwart zu fühlen und zu deuten wissen in des Lebens Überschwang und Stil.

Was Ich Mir Bin, berührt auch was du Bist in himmelszärtlichem Verlangen und versetzt dich in den Taumel reiner Freude am beglückenden Geschehn. Du bist dir selber lieb und gut geworden in dem einen, wunderbar wahrhaftigen und seelenvollen Sein, an dem die Wesen alle ihren eminenten Anteil haben.

Grandios geschliffen ist der Stein der Weisen, den Ich dir väterlichen Sinns in hehrer Unbekümmertheit und holder Unschuld präsentiere. Was du vordem nicht wissen konntest, teile Ich mit dir in seinsgeschwisterlicher Eintracht und erhabnem Selbstbeglücken, das Ich vertrauensvoll in alle Welt verstrahle.

Wer zu hören weiss, weiss auch zuinnerst zu gehorchen und die Dinge seines Lebens nach dem Masse des Unendlichen zu bewegen, das Ich ihm Bin und das ihn fördert und erhebt in geisteswissenschaftlicher Manier. Wenn du nur immer willst, will Ich dich dazu animieren, reine Göttertaten zu vollbringen, um dem Allmächtigen, das in dir west, Manierlichkeit und Ehre zu erweisen. Es kommt, wie's kommen soll, dass du dich in dir selber wieder findest, als in Mir und Meinem allumfassenden Arom der Zuversicht am Sein und Leben, Wohlverstand und Weilen, froh und selig, sicher und erhaben in der Auserlesenheit der Sternensphären.

6.16
Sein in des Lebens kapitalem Vorwärtsstürmen durch Bewusstseinsräume sonder Zahl. Berufen bist du dazu, endlich mehr zu sein in deinem selbstgefälligen Wesen, als du's vordem warst, indem du dich zu Mir erhebst und Meinen götterherrlichen Ideen. Morgendämmerluft sollst du in Meiner Näh eratmen, die dich stärkt auf deinen Wegen und Gelegenheiten, deiner Mission den rechten Touch zu geben. Das Gefälle zwischen dir und Mir soll mählich ausgeglichen werden durch gebührende Erkenntnis dessen, was du Bist in deinem Über-dich-Verfügen.

6.17
Feierlich und friedevoll begehe Ich den Ehrentag der tausend Wohlbekömmlichkeiten, der nie enden wird im gottgesegneten Gemüt. Wie kannst du da noch zögern, es Mir gleichzutun und deines Daseins Würde und Gebet als Meines zu erachten in der Seele seligem Revier.
  Als Wesen der Unendlichkeiten soll es dir wie Mir gefallen, über alles Zeitliche erhaben und doch vollends in ihm integriert zu sein. Das wird es dir erlauben, dein Soll und Sagen, deine Stärke und Entschiedenheit wie deine Mustergültigkeit voll auszuspielen dem Genie gemäss, das Ich dir mit auf deinen gloriosen Lebensweg gegeben.

Ich fordere nie etwas zurück und weiss doch, dass der Dinge Fülle, die Ich leichten Handelns und voll Freimut ausgegeben, wieder zu Mir heimwärts fluten wird, nachdem sie ihren Liebensdienst getan. Denn alles findet in sich selbst ein Echo der Holdseligkeit ob dem, was der Gesegnete mit liebevoller Lauterkeit umwunden. Nichts springt von selbst in deine Taschen, erst musst du sie, dich selbst verschenkend, leeren, damit Ich wieder Fülle aus der Fülle in sie strömen lassen kann. Wie heisst es doch: Wer viel vergibt aus vollen Herzens Feingefühl, wird auch viel ernten und wird inniglich und seeliglich des Seins Kapazität und Kräftestrom in sich erfahren.

Versunken in des Lauschens Elegie der Hoffnung auf Mein Wort, will Ich dir alles geben, wessen du bedarfst, um reich, glückselig und gewandt zu werden, akkurat in Meinem Reich der unbegrenzten Möglichkeiten zur Entfaltung und Versöhnung mit des Daseins Opfergang und Saitenspiel.

Liebe lässt die Andersartigkeit gewähren und bewährt sich im Verbindenden, das sie erschafft und über alle Lande breitet Meiner Schaukraft, Findigkeit und Zier. Ich trage bei zu allem, was da dürftig und bescheiden Meiner Gabe wartet, um dann vom Segen selig aufzublühn, den Ich ihm spende. Beizeiten will ich es dann auf die Zauberhöhen des Olymps entführen.

Das sag Ich dir: Du bist in Mir und musst es nur gewahren. Sei du in Mir gerettet und getrost, will Ich dir sagen und bereite dir ein Fest aus Traulichkeit und Sehnsuchtstränen, Heiterkeit des Himmels und Holdseligkeit Elysiens in Meinen Wundern, wie den deinen, jetzt im gütestrahlenden Allhier.

6.18
Wer gibt, dem wird gegeben, lautet des Allgöttlichen Parole für die Welten, die es sich erschuf. Keine Zeit ist zu verlieren auf der Evolutionenfahrt in ein erhabeners Bewusstsein, das sich im Menschenreiche etablieren soll. Mach dich würdig und bereit, es zu empfangen, indem du dich Mir gibst voll Sehnsucht und Vertrauen, Offenheit und Lebensliebe. Sieh, Ich mach es ebenso und was daraus erwächst, ist ein Bewusstsein von der Welt von fabelhafter Schöne.

Was vor dir aufersteht, ist das bewusste Sein, das in dir west und wirkt seit aller Zeit und das du Bist in der Vortrefflichkeit, die es gewährt voll Güte und Bravour. Geist vom Geiste ist dein Werden, Sinn vom Sinn des Lebens Remedur. Wache auf im Lichte, das Ich dir vergebe, bade dich im Glück, das sich vor dir verbreitet seeleninnig, zärtlich, liebevoll und wunderbar.

6.19
Was ist der gute Grund, den Ich für Mein Verhalten habe, soll sich jeder fragen in der Hierarchie der Gottesgeister, die von zuunterst bis ganz oben reicht in Meiner götterlichten Schau von eignen Gnaden. Es ist der Drang, aus Mir herauszugehn, um Mir ein Du zu schaffen, Meinem Eigensein gemäss, kannst du dir deuten, ebenso wie Ich es Mir bedeute in dem Rang des Allerhöchsten, den Ich jederzeit behaupte, als das Eine offenbar.

Derweil Ich in den Menschenwesen kaum zu Meinem wahren Sein erwacht Bin in des Lebens Wunder und Talar, ist es dein oberstes Gebot, dir deiner selbst bewusst zu werden. Das wird dann eine Freude sein und ein erhebend Seelenglück, der inneren Wahrhaftigkeit gemäss, die du errungen hast und die dir bleiben wird für alle Ewigkeiten.

6.20
Im Geiste seid ihr alle brüderlich und schwester-lich vereint und strahlt in Seligkeit die Gottes-schönheit wieder. Ich seh, dass eure Flügel alle guten Taten sind, die ihr im Dasein je begangen und dass Mein Licht euch seinsgeschwisterlich umfängt in der Gewissheit Meiner Züge. Wie hold und liebevoll und zart muss alles sein in Meinen Höhn, dass alle Wesen darin ihren Halt und das ersehnte Selbstverständnis suchen. Ich ziehe euch hinan, ist die ergreifende Parole, die Ich unter euch verteile, wie man Brot verteilt und süssen Wein in Fülle, um die Seele zu erlaben und sie zu ermahnen, guten Muts zu sein in ihren hochbrisanten Situationen.

Was Ich euch versichern kann ist, dass Mein Flügel euer Sein und Sinnen jederzeit aufs Trefflichste behütet und dass alle, die in Meiner Gegenwart ihr Soll verrichten, unter Meinem gottgefügten Schutze stehn. Meine Labsal und Mein Trost sind die der Sterne, die in eure Augen funkeln und die staunenden Gemüter mit Entzücken füllen an der grossen Welt, die ihnen in Gerechtigkeit und Wohlgefälligkeit beschieden. Ich mache alles gut, was vordem unvollständig und geheimnisvoll, verächtlich und verschroben war, denn Meine Attribute sind: Erhabenheit und Fülle, Wahrhaftigkeit und Edelmut am Sein, das allem innewohnt, was ist und was sich finden will in Wohlgestimmtheit, Lauterkeit und reiner Liebe im Allhier.

Ich wirke die Geburt des Ewigen in eures Wesens seelenvollem Anstand und Regie. Hast du begriffen, was es heisst, im Sein zu stehn und in der wundertätigen Berufung an die Stätte Meines sinnerfüllten Webens, bist du wahrhaft göttlichen Geblüts geworden als ein Strahlender in Mir. Glückseligkeit befällt dich über alle Massen in den Sphären überragenden und reinen Seins, in die du eingetreten. Mein und dein sind sie als eines Wesens Zierde und Bravour, indem sie dich und Mich aufs Allerlieblichste und Wunderbarste schmücken.

6.21
Nun denn, es darf geflüstert werden von der Schönheit Meines Reichs und Reichtums überall, wo Ich Mich finde. Ich werfe hoch - und nieder fällt ein zauberhafter Segen, wohlbekömmlich und galant in Grossmanier.

Ich halte unfehlbar, treuherzig und entschieden alles, was Ich einst versprach und decke Meine Pappenheimer, Söldner und Magnaten mit erstaunenswerten Ehren und Geschenken ein, um ihnen Meine Gunst und Güte zu beweisen. Bis hinauf zur Gilde der Verklärten will Ich dich erheben in dem Masse, wie der Geistgewinn vonstatten geht und die Gewissheit wächst, dass du des Seins Verbündeter und Heissgeliebter bist in allen feingefühlten Funktionen, deren du dir inne wirst in in Wort und Tat.

Ich wähle und aus abervielen Möglichkeiten schäle Ich die Allerlieblichste und Wohlbekömmlichste heraus, um Mich und Meine Bürgen zu begeistern an der Welt und an dem All, in dem wir sind und hell und heilig bleiben.

Ruhlos schweife Ich umher, um der ungezählten Impressionen Willen, die Ich Mir im grossen Ganzen aufgegeben. Ich bewahre sie in Herzlichkeit und Sachverstand allwie ein köstliches Geschmeide, das Ich Meinem Sein und Sinnen umgelegt, um Mein Im-All-Erscheinen schön zu machen und zur Einheit aller Werte, Wirklichkeiten und Begründungen zu stilisieren.

Mein Reich ist nicht von dieser Welt und ist es dennoch, aber als der unsichtbare, namenlos gefällige und liebevolle Hintergrund von allem, was auf Meiner Lebensbühne vif und wacker, rasch und genial geschieht, von Gottes Grazie und Wonne vorgetragen.

Ich rechte nicht mit jenen, die Mein Dasein leugnen und verneinen wollen. Sie sollen sich in ihrem Niemandsland wie Schemen und Durch-Nebel-gleitende- Schaluppen heimisch sehn. Sie sind ins Armenhaus gefallene Götter, die sich ihrer Kurzsicht schämen müssten.

Wenn du handelst, handle unbesorgt nach Meinem Duktus und Befehl, denn weise ist es, Mir und Meinem inneren Verfügen aufs Entschiedenste und Wärmste zu gehorchen, um der Unité de doctrine willen, die allüberall verwirklicht werden soll. Dein Wandel sei in einem unvergleichlichen Gelübde Meinem gleich, denn dass du Bist das Sein ist Mir schon längstens offenbar geworden und soll auch dich in Bälde überglücklich und betroffen machen in der Abkunft deiner heissgeliebten Lebenstage.

Sowie du dich in Meinem Sinn und Sanktuarium erkannt hast, hast du selber dich gefunden und begreifst, zu welcher Hoheit Ich dich sanfterweis und gütevoll geführt in Meinen Geistesgründen. Dort Bist du als im Licht Elysiens und in der Trautheit und Vertraulichkeit mit Meinem Resumee, dem alles innewohnt, was ist und was Ich voll Gewissenhaftigkeit und Zärtlichkeit an Meinem grandiosen und illustren Hof spazieren führe.

6.22
Selten habe Ich so Staunenswertes und Beflügelndes erfahren, als wenn Ich Mich im Sein befand, dem Zustand höherer Bewusstheit, der Mich das All-Herrliche gewahren lässt, das Ich Mir Bin, in wunderbarer Selbst-Verständlichkeit und seligmachendem Bewahren.

    Nun rate, was es ist, das soviel Überzeugung und Bewunderung bewirkt in des Erkennens weltumspannendem Revier? Es ist das Wissen davon, dass Ich Bin das Sein in allem Ernste und mit allen fabelhaften Qualitäten, die da sind: Gelassenheit, Ursprünglichkeit, All-Weisheit, ewige Glückseligkeit und Unbeschwertheit in der Heiterkeit Elysiens, in der Ich Mich erfühle.

    Ist das nun die Lösung von dem angebornen Weltschmerz, den das Menschliche geduldig zu ertragen und zu transformieren hat in seiner irdischen Allüre? Wesenhaftes hat dort zu geschehn, wo du noch weilst in deinen Wundern und Verstiegenheiten, deinem kleinkarierten Ich-Gefühl, wie deiner lauernden Empfindsamkeit, die dir den Brei verdirbt, den du noch eben lustvoll zu geniessen wähntest. Ja, ein Wahn ist's, was dir dein Verstand beschert, denn alles Weltliche ist nur der Abglanz dessen, was Ich wirklich Bin und was du

Bist in deinen götterlichten Gründen. Besinne dich darauf und sei das Wesen der Allherrlichkeit in nie verebbender Bravour, wie in unendlicher Beglückung und Verzückung an dem All-Sein, das dir ist in ewiger Genügsamkeit beschieden.

Nun bewahre, was du weisst, in deines Herzens Beuge und versuche innig, es zu sein, in täglichem Bemühn und in der Lauterkeit des strahlenden Gewissens, das dir innewohnt mit segnender Gebärde wunderbarerweis von Mir.

7

Der Zustand höherer Bewusstheit

7.1
Was unterscheidet die Gerechten Meiner Tage von den, in sich selbst vernarrten, Besserwissern, die die Schönheit Meiner Geisteswelt nicht sehn? Diese stehn sich selbst im Wege, während jene Meinem Einfluss reiner Güte offen sind und von der Fülle Meiner Herzensgaben zehren können.

Was Ich den Menschenvölkern vors Gemüt und vor die Augen lege, gilt für alle die da sind und bleiben in den Wohllaut Meines Einsseins einbezogen. So ergibt es sich, dass Ich für die, die Mich am meisten nötig haben, auch am intensivsten da bin, um schlussendlich doch ihr Seinsgewissen zu erwecken, demgemäss sie einst glückselig in den Garten Eden ziehn.

Die Herzensguten aber gleiten ihrem In-Mir-Sein schon jetzt unmissverständlich und dezent entgegen und finden so Erfüllung im Erfahren des Unendlichen, das sie voll Wärme, Zartheit und Gediegenheit umgibt in seligmachender Manier.

Bedeutendes gewinne du, indem du stille wirst, hellhörig und bewusst im Sinnkreis Meines Atems. Ich erhebe dich, so wie du willst erhoben sein und spende Licht und Freude, Zielbewusstheit und Begeisterung denen, die da freudig in Mir sind und Meinen gloriosen Geistesbastionen.

7.2
Im Hier und Jetzt *Bin Ich* und vor und hinter Mir erschaue Ich Äonen.

7.3

Weich und willig segelt eine Flocke Schnee hernieder in den winterlichen Zaubergarten. So sanft und sinnig senkt die Seele sich zu deinem Leibe nieder, wenn sie wiederkommt von ihrer nächtigen Eskapade in das Reich der Geister, wo sie sich erholte von des Tages anspruchsvollem Spiel. Es besteht ein Austausch von Gedanken und Gefühlen zwischen dir und Mir und ohne dass du's weisst im Dämmer deines Daseins in den Welten, die Mir eigen. Wach und wacher sollst du werden, bis du vollbewusst im Leben stehst und deine Mission erfüllst nach Meinem Sinn und Sagen.

Ich benedeie, was du bist, in stetem Dich-in-Meine-Höhen-Tragen, bis du ganz vereint mit Mir als einig Wesen wirkst und fabulierst und dich in Hymnen der Holdseligkeit ergehst ob deinem Glück, Mir zu gehören.

So wird es und so sei es in der Morgenröte sagenhafter Zeiten, die für aberviele jetzt schon glorioserweis bestehn. Wache auf und sei und bade dich in Mir und in der Wonne deines Seinsgewissens Meiner würdig, ewig, licht und wahr.

7.4

Wer darf sich das Bewusstsein eines Götterboten zuerkennen? Ich, der Seinsgewisse in der Gottheit heiligem Schoss. Der Strahlende Bin Ich von Meines Himmels reiner Gnadenfülle, der Versierte in Bezug auf geistige Belange, die ihr Sosein in entzückender Unsterblichkeit entfalten. Melde dich bei Mir, wenn es dir darum geht, dasselbe zu erfahren und das Hinterwäldlerische auszuräumen, das dich in dir selbst gefangen hält seit Generationen. Ich lehre dich Gewandtheit in der Lebensschule, die zu absolvieren du dich feierlich verpflichtet hast vor Meinem blanken Augenstrahlen. Unter Meinem Regime gibt's kein Sitzenbleiben; alles ist geregelt und in Gotteswürde wohlgetan. Willst du enteilen, hole Ich dich mühlos ein, siehst du dich auf der Stelle als verloren stehn, find Ich dein Wesen allsobald und benedeie es im Sinn des Weiterwandelns tapfer, treu und tüchtig vor dich hin.

Wer Geistesschwingen hat, der fliege froh und seinsbegeistert über Bergeshänge, Höhenzüge, Gipfelchen und Weidetäler hin, Mein Schöpferbild zu schauen und Mir weitere zuzutrauen zweifellos.

Was willst du denn erreichen, frag Ich dich beizeiten, um dir genügend glänzende Gelegenheiten einzuräumen für dein Vorwärtsschreiten auf bewundernswerten Götterpfaden. Was Mir mit Leichtigkeit gelungen ist, das muss auch dir gelingen unter Meinem schützenden Gefieder und Geleit im Taktschritt der Äonen. Sieh dich an und schaue Mich in deiner Virulenz, dem Tatendrang, der Milde und der Liebenswürdigkeit, die Ich in dir entfacht und stetig angereichert habe. Sowie du Mich in dir erkannt hast, trägt dich jede Geste deines Lebens himmelan und lässt dich darin Meiner Freuden Zahl herzinniglich erleben. Mein ist dein und Meiner Dinge Überfluss gleicht alle deine Mängel aus zu deinem Heil- und Wonnesein in Mir.

7.5
Ich stosse niemals an in Meiner Philosophie des Freiseins von Behinderungen und Kalamitäten. Was Ich immer Mir gestatte, ist in virtuos und

freigewordenem Gedankenflug erreichbar und bewirkt Entfesselung - und Wohlgemutheit über das Erreichte alleweil in Mir. Das Rechte zu erzeugen ist Mein allererster Glaubenssatz, den Ich Mir selbst als auserlesne Medizin verschrieben habe gegen alle Unbill, die sich Mir entgegenstellt im unbeirrten Weitergehen. So halte Ich fürwahr die Trophäe der Beharrlichkeit in hoch erhobnen Händen und feire voll Begeisterung den Sieg, den Ich beizeiten über Meine Eigenheiten und Verwirrnisse errungen habe.

Ich läute hier ein neues Seinskapitel ein mit der Bemerkung, dass von Meinem absoluten Sein zu deinem etwas wie ein niemals unterbrochner, roter Faden läuft der Unbeschränktheit und Natürlichkeit, der Geistigkeit und Gottesminne. Dabei durchläuft er Meines Engelseins Hierarchien, bis er in der Menschlichkeit sein glorioses und verheissungsvolles Ende findet. So bist du denn von allen, die da sind, aufs Allertrefflichste geprägt in deinem Dich-Verwundern. Mach es dir zur Pflicht, intim und offensichtlich zu beachten, dass in deiner Geistigkeit die Engel leben, die dein Menschensein aufs Allerwürdigste befruchten und begünstigen zu deinem unbedingten Wohl. Keine Sorge mehr soll dir zur Last sein oder zum Verhängnis werden, weil sie dich beständig wie auf Händen tragen und aufs Trefflichste erhalten und beschützen in der Tage Sinnkraft und Verkehr.

So bist du, wie jedermann, ins Ganze vollumfänglich integriert in Meines All-Bewusstseins Zuverlässigkeit und Weltenvariante von des Seins Erhabenheit und Gnaden. Merk dir dies und wandle künftig als ein König der Allherrlichkeit einher in

Lichtheit, Seligkeit, Bewusstheit, Heiterkeit und Unbeschwertheit in vergöttlichtem Betragen.

7.6
Nobel und gerecht kannst du Mich nennen ob der Art, wie Ich den Stamm der Weltenbürger dann behandle, wenn sie, vom Bad im Irdischen noch triefend, zu Mir gelangen, als dem Richter über sie und unbestechlichen Bewerter ihrer Taten. Du selber bist's, der dich auf Herz und Nieren untersucht und dich erdulden lässt, was du gefehlt und dir die Freudenröslein lässt erblühen ob allem Gütigen, das du dem Menschenvolk in deinen Erdentagen zugehalten.

Hier ist es klar, dass dich das Liebenswerte und Holdselige, Beglückende und Wonnevolle anzieht, das Mein Sein erfüllt. Deswegen wird dein Wille mählich sich zur Überzeugung mausern, dass nur ein weiterer Aufenthalt im Irdischen das Ungehobelte an dir verbessern kann, bis du in wahrer Menschenwürde dastehst, um von Mir die Krone der Vollendung zu empfangen. Du erkennst, was du dir Bist in wunderbarer Seeleneuphorie und darfst dich Göttlicher und Seinsverklärter nennen in der frei gewordenen Gedanken-Travestie. Im vorwärtsstrebenden Gesichte siehst du dich als reüssierenden und sakrosankten Wanderer auf Meinen Wegen und bestätigst, was du willst, durch ein geregeltes und hellbewusstes Tun in allen Phasen, Phrasen und Erfordernissen, die sich dir im Zeitlichen entgegenstellen, dir zur Prüfung und zur Wahl.

Erst, wenn du einsiehst, dass sich mit der Würde und Wahrhaftigkeit, Bedingungslosigkeit und Güte

Meines Seins nicht spassen lässt, kannst du von der Fülle Meiner Gaben und Beförderungen leichten Sinns und dankerfüllten Herzens profitieren.

Was Ich dir vermache hat die Qualität der Himmelshöhn, die dich belauschen und berauschen väterlicherseits, wie muttersorglich im Bestreben, dich zur Seinsvollendung, Klarsicht, ewigen Heiterkeit und Ebenbürtigkeit heranzuziehn. Taufrisch und prächtig wird dein Schauen in der Morgenröte des Geschehns, wenn dir dein Sein bewusst wird als das Meine in unübertrefflicher Erhabenheit und Feinheit, Offenheit und Hoheit deines Wesens. Hier Bist du im Heil und weisst, dass du's schon immer warst und ohne es zu wissen in der Wankelmütigkeit, Begrenztheit, Seelenlosigkeit und Blindheit deines Dich-Erratens. Dies ist nun alles hinter dir, derweil vor deinen Blicken das Unendliche sich öffnet und dir im Sternenreich die ewige Heimat bietet, die dir angemessen, angetraut und zugeschlagen wird im wonnevollen Dich-Verwundern.

7.7
Mein Spruch geht an die Generationen ewig junger Geister, denen es von Mir gegeben ist, in wogender Gemeinschaft auf dem Erdrund zu erscheinen, um das Werk der Menschlichkeit und Tugend tatenfroh voranzutreiben, hehren Götter-welten zu. Kontinuität begreift sich bei Mir als ein nimmermüdes Auferstehen und Verwelken aller Leiber, die Ich Meinem Sein zum Aufenthalt erschaffe in der Bodenständigkeit Allhier. Auch sie verwandle Ich vom Festen in ihr Geistiges und wieder in ein Neues, um das Heer der gottgeweihten Wesen zielbewusst ins Künftige zu tragen.

Ich verberge Mich in aller Welten Schössen, die da sind und ständig wunderbare Blüten treiben, Meinem Sinnspruch und Salut gemäss. Was Ich daran als gut befunden habe, führt Mich in alle Ewigkeit voran, Triumphe feiernd und die Wonne reiner Gegenwart geniessend, worin Mein Zeugnis Sagenhaftes wirkt in nie verebbendem Mir-selbst-Genügen.

7.8
Eine glänzende Idee muss wachsen und gedeihen können in dem Wesen, das sie freien Sinns gebiert. Das Verklemmte kann sich nicht entfalten, derweil alles Unbeschwerte, Heitere und Geniale Zug um Zug vorankommt und Brauch-barkeit, Natürlichkeit und Überlegenheit verkündet als von göttlichem Geblüt. Ich schau es an und muss ihm vehement und ehrlich Beifall zollen aus des Herzens wohlgestimmtem Elemente.
   Trete Ich hier auf, so soll es keiner wagen, Mir zu widersprechen und mit seines Wissens Miniatur und Dürftigkeit nur im Geringsten vor Mir aufzutrumpfen. Schon nach den ersten Worten widerleg Ich ihn im Detail und seh Mich fähig, ihn mit Meiner Weltenweisheit Funken auszulöschen. Mach dir nichts vor, wenn du vermeinst, mit wissenschaft-licher Genauigkeit und Akribie das Ganze zu erklären. Stückwerk bleibt es allsolange, wie nicht Ich mit Meiner Kompetenz, Allwissenheit und Fähigkeit zur einzigartigen Synthese Meines Geistes Züge offenbare, akkurat durch die Verklär-ten Meiner Wahl. In ihnen pflegt Mein Geist Triumphe wahrer Wissenschaft zu feiern von des Lebens Wunderwerk, Gedeihen, Lust und Stil. Wo

Ich nicht mit im Spiele Bin, verdorren selbst die hoffnungsvollsten Triebe der Geschäftigkeit am Riesenwerk, das Ich betreibe. Kommet her zu Mir in eurer Mühsal, ist hier nach wie vor zu sagen und empfangt die Labsal Meiner Herzensgüte, Lebenskraft und Solidarität, die Ich den Dürftigen mitnichten vorenthalte, sondern aus der Fülle Meiner Gnaden zuerkenne, seinswahrhaftig und gediegen.

Dies ist Meine Botschaft, dass Ich mit euch, in euch und für alle Bin das Elixier der Hoffnung und der Himmelsfreude, der Begabung und der Herzensfreundlichkeit in überwältigenden Massen. Messt euch nicht mit Mir, doch seid gewiss, dass Ich Mich mit den Welten messe, die Ich Mir erschuf und sie nimmermehr im Stiche lasse, weil sie sind Mein Teil, Mein Herzblut und Geschick in der unendlichen Partie, die Ich mit ihnen spiele. Sein vom Sein sind sie, und ihre Züge werden nie verblassen, weil es Meine sind in ewiger Entschiedenheit des Werdens und Vergehns, wie in der Lauterkeit, Holdseligkeit und Harmonie der Gottessphären.

7.9
Zur Verfügung und zum Heil sollst du Mir sein in deiner Extravaganz und deinem Schlingern um den sichern Pol. Heftig, deftig sollst du nimmer dich gebärden, eingebettet in die Aureole grandiosen Glückes, das Ich dir für Zeit und Ewigkeit vergebe. Nun prüfe du, ob diese Aussicht, Daseinsvision und wackere Verfügung nicht genügt, um dich zu überzeugen, wie lohnenswert es ist, all deine Kräfte anzuspannen, um des einen, höchsten Zieles Willen, das es zu erreichen gilt in deinem

evolutionenlangen Streben nach Gerechtigkeit, Holdseligkeit und Frieden.

Es dürfte dir bewusst sein, dass ein tiefinniger Zusammenhang besteht zwischen dem, was du dir bist und Meinem Sein in aller Welten Wohlklang und Gedeihen, als von Mir beschieden und zum Aufenthalt erwählt.

Gerade auch dein Wesen soll getrost und heiter, liebevoll und wahr vor Mir bestehn, wenn Ich die Spreu vom Weizen trenne und soll den Seinsgerechten zugehören, die da sind in Mir und Meinen Geistesgärten.

7.10
Das ist und wirkt, was Ich hier Bin, in ewig unbekümmerter Allüre. Sei's im Geistgebiet, sei's in der Offenbarung Meiner selbst im kosmischen Getriebe, stets Bin Ich Mir des Seins Erhabenheit und Fülle, Fabelhaftigkeit und fantasiebegabte Generosität im Schöpferdrange, den Ich seit Äonen in die Universen investiere. Was sagst du nun, wenn Ich dir freien Sinns zur Kenntnis gebe, dass mit Meinem Überall, auch du gemeint, betroffen und beglaubigt bist als sakrosankter Träger des gewissen Etwas, das da Gotteskraft und –würde, Denkvermögen, Liebefähigkeit und Genialität genannt wird von der Menge derer, die da aufmerksam und hellbewusst durchs Leben gehn.

Derweil Ich in Allherrlichkeit und Tugend ewig juvenil und tatenfroh, liebevoll und zärtlich, grandios und unerschütterlich Mein Sein verwalle, müsstest du dich, wenn man's recht bedenkt, zuinnerst schämen dafür, dass du das Allgöttliche in deinem Menschensein nicht kennen und zum Ausdruck bringen magst in wunderbar gesegneter Manier. Ich prüfe dich und stresse dich, bis du in seinsvollendetem Gehaben aller Einheit Bürge bist und wohlgesitteter Gespan. Ich dränge Mich nicht auf, solang du keine Ursach in dir findest, Mich zu suchen und dabei dich selbst zu finden, als ein Hoffnungsträger und Garant fürs Unermessliche, in dem wir alle sind und unser Sein verweben.

Begründe du dein Sein in Mir und alles ist begründet, eratme du den Duft der strahlenden Unendlichkeit und alle Himmel stehn dir offen des Genügens und Verfügens, des glückseligen Verweilens in der göttlichen Natur, wie der namenlosen Güte Meiner Gegenwart im ewigen Allhier.

Des Integrierens ist kein Ende von dem, was aus Mir flutete, zurück in Meine Gründe, die von Lieblichkeit, Holdseligkeit und Sanftmut, Heiterkeit und Weisheit triefen.

7.11
Was Ich einst begriffen habe, sollst du jetzt mit einem wunderschönen Lächeln auch begreifen, dass du Bist ein Wesen der Unendlichkeit, des strahlendes Bewusstsein zu den Sternenweiten reicht. Im Raumerfüllen bist du gross in der Geschichte deines Seins von Meinen Gnaden und darfst dich König nennen und Gesandter des All-Höchsten ohne Scheu und minderwertiges Betragen. Warum Ich dich durchs Band beschütze, weisst du wohl: Weil du Mir Zeuge bist der Gottesgegenwart auf Erden. Oder hast du ganz vergessen, wessen Vaters Kindlein du dich nennen magst, wenn du nur einmal dich besinnst auf deine

Herkunft als von Geisteshöhn und auf deine Zukunft als in Mich gegossen, selig, dankbar, mysteriös.

Von Geist zu Geist kann Ich auch geistvoll mit dir reden und dich bestärken im hochedlen Fach der Geisteswissenschaft, das Ich mit dir betreibe. Es gilt, in gnädigem Vergeben das Erkennen deiner selbst zu schulen, bis du dich des Seins bewusst wirst, das du Bist und dem du alles, was dir so geschieht, verdankst in wunderbarer Übereinkunft und Gottseligkeit mit Mir. Hast du wahrlich dich erkannt, liegt dir die Welt als ein geoffenbartes Paradies zu Füssen. Gestillt bist du darin auf ewig, währenddem sich alles mustergültig und dezent durch dich bewegt. Frohlocken darfst du über deinen Zustand makelloser Seinsgefälligkeit in himmeljauchzender Manier. Wie gläubig, glorios bist du dir selbst geworden, wie unnachahmlich liebenswert in deinen Äusserungen von dem siebenmal Gesegneten und Schönen, das du siehst.

Zum Sein erwacht, wirst du im Wohlstand des Allherrlichen leben und seinem Wort gemäss der Himmelsweisheit Zeuge und Verkünder sein, derweil dein Herzens Sehnsucht sich aufs Allertraulichste gestillt erweist in ewigem Genügen.

7.12
Gewaltig nimmt dein innerer Reichtum zu, derweil du dich bedienst mit Meinen götterlichten Gaben, die einer schöpferischen Urgebärde und Errungenschaft entspriessen. In ihnen wird dir offenbart, mit wieviel seelenvoller Feingestimmtheit Ich begabt bin, um zu soviel Werken der Barmherzigkeit an Meiner vielgeliebten Kinderschar

zu kommen. Es genügt, Mich innig und geduldig, unverblümt und hoffnungsvoll um guten Rat zu fragen und schon sprudeln dir die Quellen Meiner Güte sagenhafte Inspirationen zu von höchster Qualität und von bewundernswertem Überragen.

Was Ich denke, dichte, dir berichte und Mir selber Bin, trieft von Auserlesenheit und Würde, Willenskraft und genuiner Zartheit im gekonnten Aneinanderfügen trefflicher Gedanken, die von Meinem Sein bewusst zu deinem Strömen. So wird das Menschenfeld befruchtet und belebt, in Dienst genommen und beglückt, bis es sich selbst erkennt als Zweig und Blüte an dem Baum der Gottesweisheit Meiner Provenienz und Sachlichkeit, die ist von Himmelshöhn zu dir hinabgestiegen.

Wie gerne feiert Ich ein frohes Wiedersehn an Meinem Hofe der Holdseligkeit mit dir und deinen göttergleich gewordenen Allüren. Du brauchst dich nur dem Tonfall Meiner Stille völlig anzuschliessen und schon wirst du auch erkannt als Meinesgleichen in der Stunde allerreinster Wahrheit vor dem Herrn und seinem Über-dich-Verfügen. Nun weisst du, was dir frommt und was du, dienstbeflissen, gottesfürchtig, mutig und geduldig auch erreichen kannst in deinen Wundern. Denn noch immer steht geschrieben: Meine Würde, Bürde und Bedeutung macht dich gross, dass dein Bewusstsein bis zum Sternenhimmel reicht, den Ich in väterlicher Eintracht, Herzensgüte und Gewandtheit liebevoll regiere. Du bist in ihm willkommen, wie's die Väter der Bewusstheit, Heldenhaftigkeit, Bereitschaft und Verklärtheit immer waren. Komme, wer da will, es wird ein Freudenfest gefeiert in den Gärten Meiner götterlieblichen Präsenz, in welchen alle Heilgewordnen sich in hohen Ehren halten und erhalten sich das Wonnesein in der Unendlichkeit des Sternenalls bewusst in Mir.

7.13
Wohlan, ins Sommerfeld des gütigen Geschicks gezogen, in die Weiten einer gottgefälligen Spur, von der es heisst, sie führe ins allherrliche Genügen. Ich traure dem, was Ich verliess, nicht nach, weil soviel Schönheit, Traulichkeit und Tugend auf Mich warten, dass nur Begeisterung am Sein und liebevolle Andacht vor der Weisheit des Unendlichen daraus erstehen können.

In Gedanken reise Ich dorthin, wo Freude, Zuversicht und Herzensgüte Wohlgefälligkeit verbreiten. Bei allen Wandlungen zum Guten assistiere Ich in den holdseligen Gemütern, die in ihrer Mitte Mich als Angelpunkt und Angelus, Beglücker und Bewahrer ihrer Welt gefunden haben.

Ich trete auf als einer, der da weiss um was es geht und ob die Kurse steigen oder fallen werden. Mit dem Lächeln wahrer Weisheit kommentiere Ich das Taggeschehn und ziehe daraus Meine Schlüsse, die natürlich allesamt ins Ewige zielen. So komme Ich bewusst und unerschütterlich voran mit Meiner Absicht Überwältigendes zu vollbringen und die Zöglinge des Zögerns voll Enthusiasmus mitzureissen auf der Fahrt ins hochverehrte, göttliche Genügen.

Hast du nur mit einem Schwick den Blick in Mein Unendliches genossen, ruhst du künftig nimmermehr, bis alle deine Triebe in Mir Halt und Kraft, Erhabenheit und Grazie des Seins gefunden haben. Was dich anbelangt, so kannst du füglich immer auf Mich zählen, denn Mein Wahrspruch lautet: Hilf, wo einer darbt und rette, wo die Wellen Köpfe überschlagen. So Bin Ich der sakrosankte Helfer in der Not und überzeuge alle von dem Wert, Mir anzuhangen und Mein Wort als Waffe gegen jede Unbill zu gebrauchen in des Lebens wechselhaftem Ungefähr.

Das Ende jeder deiner Kapriolen soll in Mir geschehn, indem du dir bewusst wirst was da ist und was der Seinsvollendung harrt in Mir. Ermanne dich zu sein, will Ich dir sagen, weiter nichts und - sei geliebt, glückselig, gottesfürchtig, friedevoll und heiter mit den Meinen.

7.14

Wirst du auch nichts bereuen müssen, wenn du ins Reich des Lichts hinübergleitest aus den Schatten deines Daseins in der Welt der tausend Unbekömmlichkeiten und Schikanen? Wo du bist, herrscht Seelendunkel und Verwirrnis, Selbstbetrug und Mangel an Ideen. Wo Ich derweil logiere, tritt das Sein zutage und erfüllt Mich mit dem Odem des Allgöttlichen und Selbstbewussten, das Ich Auffahrt nenne ins Elysische der Himmelssphären. Wisse, dass Mein Reich erreichbar ist und deines Menschseins Attitüde ungesäumt ins Überweltliche erhebt und damit ins unendlich Liebevolle, Lichte, Heilige und Heitere der Göttersphären.

Was ist das für ein Wertgefühl, wenn sich ein Menschenkind auf das besinnt, was es in Wahrheit ist und was ihm zusteht, als aus Gott und seiner Vollkraft, Güte und Beständigkeit geboren. Innig werd Ich froh, wenn Ich Mir Meines Seins bewusst und fündig werde, denn in allem, was Ich Bin, ist Unverletzliches und Makelloses mit im Spiel. Zag

Ich, zieht Mich allsogleich der Seinsgedanke himmelan und versetzt Mich in den Zustand reiner Euphorie am wunderbar gerechten, unerschöpflichen und liebetrauten Leben. Das ist auch deine Perspektive auf die Zukunft hin, die schon jetzt die allerwürdigsten und wonnevollsten Kreise um dich zieht. "Es ist, dass Ich Mich selbst erhalte und verwalte als gebettet in der Gottheit Flor", darfst du dir ins Gewissen sagen. Sag es ohne Scheu und mit der Überzeugung, dass du jetzt und immer als ein geistig Wesen in der Geistwelt lebst, die Ich, der Seinsgeborene, mit soviel Verve, Vernunft, Gewissenhaftigkeit und Grazie propagiere.

Mein Fittich ist der deine, der hebt alles ins Unendliche empor und verwandelt und verklärt, was du dir bist, ins Unerklärliche und ewig Friedevolle, Resolute und Beharrliche im Reich der Gottesgärten. Sie sind es, wie dein Wohlsein, deine Genialität, die Seelenzartheit, die Begeisterung am Sein und deine Weisheit aufs Entschiedenste und Allerschicklichste bestimmen.

7.15
Maximale Weite bis zum Pol der guten Hoffnung Bin Ich, protzig, klotzig, weich und wiesenschaumkrautzart in Meiner Art, den Lebensdingen einen Namen, Saft und Kraft und einen auserlesnen Ruf und Richtwert zu verleihen. Meine Strategie der unerschrocknen Zuversicht zahlt sich in goldnen Rationen aus, derweil das Graziöse, Seinsgewichtige in Meinem Wesen wunderbarerweis zur Geltung kommt vor Meinem Alles-Überschauen.

Triffst du dich im Irgendwo mit Mir, so Bin Ich gleich bereit, dir auf die Spur zu helfen einer glorios gestalteten Karriere in der Gotteswirtschaft, die Ich voll Elan, Begeisterung und Heldenmut betreibe, ganz gewiss in eigener Regie und Rarität des Pläneschmiedens. Ich strotze von vortrefflichen Ideen, die zu verwirklichen Mir weder Müh noch Sorg bereitet in des Alls Panoptikum von götterlichten Gnaden. Wen wundert's, dass zu Meiner Fülle ständig neue Fülle sich ergiesst aus vollen Schalen, im Bestreben, ihren Inhalt gnädig und gerecht, gutmütig und gediegen unter Myriaden zu verteilen. Damit trachte Ich danach, den Willen der Beschenkten und Beglückten anzustacheln zu vertrauensvollem Tun in Meinem Sinn und Sagen.

Meine Welt ist mit der Grazie des Allerhöchsten unfehlbar verbunden, die Ich als das Sein bezeichne und dessen Charme und Süsse, Leichtigkeit und Leidenschaftlichkeit Mir innewohnt in einem einzigartigen und genialen Equilibrium der Kräfte, die das All in Geisteshelle und –salut durchziehn. "Ich wandle, wo Du wandelst", darf der Weise zu sich sagen, allsobald wie er die Gotteskraft verspürt in seinem Sich-im-Sein-Erleben. Das ist es dann, was einmal allen soll geschehn und was die wahre Zukunft bietet für die Menschheit auf der benedeiten und Bewunderung erheischenden, liebreich und sakrosankten Götter-spur.

7.16
Was Ich Mir zu sagen habe, steht in den Sternenraum geschrieben. Ruh der Mächte, Ruhe der Gewalten tönt von himmlischen Gefilden an Mein Herzensohr und lässt zutiefst in Mir die Freudenglocken klingen. Ein Freigefühl von sonderlichem Glanz durchlichtet Mein Gemüt und

überzeugt es von der Güte einer Gottheit, die sich selbst befriedet und beglückt in Mir. Sie wacht und weiht, taktiert und tröstet, wo sie kann, in den gesegneten und dankerfüllten Reihen ihrer Bürgen. Wachheit und Entschiedenheit, Vertrautheit mit dem Ewigen und reine Herzenswonne sind der Vielgeliebten trefflich Los.

Schweigst du vor Mir, so kann Ich dir den Weg zu Meinem Hort und Heil aufs Schicklichste erweisen. Horchst du dem Herzgefühl, vernimmst du, was Allgüte dir bedeutet in der Inbrunst deines Sehnens nach Gerechtigkeit und Zartheit, Eleganz und Seinsgerechtigkeit im Leben. Du bist nach Meinem Muster von Mir ausgegangen und kehrst hochbegabt mit den Errungenschaften deiner Zeit in Meine lichten Geistesräume wieder. Mir ist dein Hier gar nicht verschieden von dem, was du Jenseits nennst, in gottesgläubiger Manier. Denn wo die Einheit allen Seins erkannt ist, kann es kein widersinniges und illusorisches Beschneiden geben.

Ich wirke, wo du wirkst im Weltengarten. Ich trage Schätze zu Mir selbst, wenn du dich in die vielversprechende Materie vergräbst, um ihr Geheimnis um Geheimnis zu entreissen. Das ist sehr gut, doch warne Ich dich vor dem rabenmütterlichen Allzuviel, das du in dieser Richtung unternimmst und damit Meinem Sinn und Geist entgleitest, ohne je den wahren Wert des Daseins aufgespürt, gekostet und mit Mir geteilt zu haben. Wache über deine überbordenden Gelüste und befreie dich von allem, was dir anhängt, auf der Fahrt in Meine ewig grünen Gründe, die von göttlicher Vernunft erfüllt sind und von ihrem wundervollen Sich-Verstrahlen.

Du bist nicht irgendwer, doch ein Erscheinungsbild von Meiner Art, Mich seinsgalant und siegessicher, hochbegabt und unfehlbar in Positur zu setzen. Dasselbe gilt für jedes Wesen, das da dem Geschäft des Lebens freien Sinns und frohen Muts obliegt in seinen vielgerühmten Wundern.

Zähle du dich zu den Seinsgerechten deiner Tage, will Ich dir aufs Wärmste und Entschiedenste empfehlen. Denn, Gehorsam Mir und Meinen Welten gegenüber macht dich froh und zeigt dir, was du leisten kannst in Meinem Kabinett der guten Hoffnung und der lebenstüchtigen Tat. Ich übertreibe nicht, wenn Ich dir sage, dass du zu den Hochgeborenen gehörst, die mitten in den Kümmernissen und Bedürfnissen der Zeit sich in der Weite, Fülle, Wohlgeordnetheit und Grazie Meines Seins aufs Allerzärtlichste geborgen fühlen. Oh, glaube Mir aufs Wort den Ausdruck: Du bist Mein und bist Mein Ein und Alles in der Strategie der himmlischen Gerechtigkeit am Sein und Leben, wie am liebevollen Unterweisen der Verständigen im Allhier. Mach dich auf und sei dir deiner Würde und allherrlichen Lasur bewusst, die Ich dir zugedacht und aufgetragen habe. Es sei, dass du im Strahlenbund der Liebe eingemittet bist, befreit von allen Nöten und ins Sternenlicht gebettet Meiner Provenienz und Meines liebelächelnden und seinsbewussten Strahlens.

7.17
Bei noch so vielen Nebendiensten, die sich um die Mitte des Geschehens tummeln, liegt das Hauptverdienst am Ganzen doch bei Mir, dem König aller Werte und Errungenschaften, genialen Über-

windungen und Siegestouren im Allhier. Noch gelten Meine Direktiven als die allgemein verbindlichen, nach denen sich die Völkerscharen allesamt zu richten haben. Nur herrscht in vielem noch der Eigensinn der Stümper und Proleten, die ihre Nebenrolle in der Oper allen Lebens und Gedeihens noch nicht intus haben. Ich Bin der Herr und du der Knecht allüberall, will Ich hier sagen und so ein für allemal die Regel setzen für den Boom an Unternehmungen, die in der kapriziösen Menschenwelt geschehn.

Hältst du dich für klug, so sollst du doch für alle Zeiten und Gelegenheiten diesen Vers in dein Gewissen schreiben: Weiser ist, was von den Höhen niederperlt in deine Gründe und Ordnung schafft und Einsicht in die menschlichen Beziehungen und Abergläubigkeiten, die so leicht in ein Desaster münden, wenn sie nicht von Mir geführt und angetrieben sind.

Ausserordentliches hast du von Mir zu erwarten, wenn dein Wille konsequent und gravitätisch, froh und feierlich Mir angelobt und angemessen ist in deinen Erdentagen. So geschieht, was immer dir geschehen soll, nach dem Prinzip der Einheit, Reinheit und Bewusstheit allen Seins, das dich zum Heile und Genesen, zur Holdseligkeit und Wohlgemuthheit führt in der Gewissheit deiner Sphären.

7.18
Hier wird nicht gehangelt oder sonst ein Spielchen ausgetragen, um Geduld und Stärke zu beweisen, denn in Meinem Reiche sind schon die Gedanken ebenbürtig jeder Tat. Was du dir vor-stellst ist schon wie gemacht im Geistgebiete und nimmt die

lebendigen Züge an, die wirken und gedeihn im Mass der Präzision und Unerbittlichkeit, mit denen sie bewusst und siegessicher vorgetragen werden. Im Grund genommen ist das schon ein Götterwerk, das sich im Übersinnlichen zur Wirklichkeit gestaltet, wunderbar gediegen, licht und schön.

Nichts gleicht der Tiefe der Empfindung, die Ich so in pausenloser Selbsterfüllung generiere. Meine Kräfte sind ! Kommt Zeit, kommt Rat, indem du ständig lernst, was du an Köstlichem begannst, auch zu vollenden und deinem Wesen so dieselbe Weihe, Fülle und Bedeutung zuzuschreiben, die Mir innewohnt. Es sei, dass du dich in dir selbst behauptest als Begründer neuer Seinsgegebenheiten und dich so den Reihen der Verständigen und edlen Schaffer zugesellst, die sich Mein Sinnens und Gewinnens Weise angeeignet haben. All so gehst du zielbewusst dem Sein entgegen, das du Bist und damit deinem A und O, gewappnet und gestählt, glückselig, unerreicht und sakrosankt im Wunderbaren.

7.19
Von den Sternen kannst du lernen, was sich auch in deinem Herz bewegt. Wie aus dem Grabe auferstanden bist du, wenn sich in dir diese Offenbarung regt. Willst du Mich erkennen, schau deine innern Werte an und frage dich, ob sie nicht eines Gottes würdig sind im Minikrimen. Bereite dir ein Fest aus der Gewissheit, dass du bist befugt Ich Bin zu dir zu sagen, um damit Raum und Zeit zu überwinden und dem Sein zu huldigen in der Holdseligkeit der Göttersphären.

"Mir mangelt nichts", weiss nun dein überglückliches Gemüt zu intonieren. Es wendet sich begeistert und bewusst Mir zu im Dankgebet und in des Herzens überschwänglichem Goutieren der Allwesenheit, die voller Zartheit in ihm seine Wohnstatt aufgeschlagen.

Was immer Meinen Sinn durchzieht, muss auch in deinem als ein Element der guten Hoffnung, wie der Liebenswürdigkeit des Himmels, ansatzweis vorhanden sein. Du brauchst es nur zu hegen und zu pflegen, dass es wie aus einem Samen aufquillt, auflebt und sich zur Beständigkeit erhebt.

Das Hohe, Ausserordentliche sucht dich und versucht in dir die besten Qualitäten wunderbarerweise zu beleben und zu stärken, bis zum Geht-nicht-mehr. Das heisst nichts anderes, als dass du jeden feinen Geisteswink erfühlen sollst in dir, denn alle sind von Mir ein leis beredtes Zeichen der Barmherzigkeit an Meinen vielgeliebten Bürgen dort und hier.

Es soll dir als ein Märchenhaftes ins Gemüte tönen, was du Bist in Meiner Liebesarme Bund, Befugnis und erschütterndem Vereinen. Sieh, das Allererste, wie das Letzte sind von Mir und wollen dich von Meiner Herzensgüte überzeugen. Schliesslich geht es um das Dich-Erwecken zur Gottseligkeit in deinen Fibern in der Strategie der Einigkeit mit allem, was da ist und dem Triumph entgegensieht des Lebens über das Verderben, des Seins inmitten der Vergänglichkeit des Weltentosens.

Sei und sage Mir, ob dir die Wohlgeborgenheit in Meinen Gründen nicht die Freudenröslein lässt erblühn und ob dein Zustand sich nicht bessert allsogleich, wie du dich fühlst in Meiner Obhut und vollendeten Gewähr für Sicherheit und Seelenseligkeit, für Reichtum des Gewissens, wie für das Erreichen eines wunderbar gefälligen und makellosen Ziels.

7.20
Auf einem Ruhmesblatt unübersehbar sind die Siegestaten Meinerseits mit goldnen Lettern unauslöschlich eingetragen. Denke nie, o Mensch, Ich sei bei allen deinen Schlachten und Querelen nicht mit Leib und Seel dabeigewesen, denn im Innersten der Massen, wie der einzelnen Person, Bin Ich der Träger wie der Treiber allen Lebens und Befindens, Bebens und Erfindens auserlesener Errungenschaften in dezent bewusstem Götterstil. Ich habe Mir geschworen, noch dem allertiefst verborgenen Geheimnis Meiner selbst gehörig auf die Spur zu kommen, was bedeutet, dass sich auch im Menschenvolk der Wissenstrieb gewaltig regt und reckt, der Offenbarung vieler preziöser und bezaubernder Mysterien entgegen. Um das Allerletzte aber zu ergründen, braucht es Intuition weit über allem wissenschaftlichen Sezieren, die das Sein aufstrahlen lässt im strebenden Gemüte. Das aber Bin Ich ohne Zweifel allerorts in nie verebbender Galanterie und Makellosigkeit, Geschäftigkeit und Würde des Betragens.

Hast du je gespürt, dass deine Erdentage wie verklärt von einem Etwas sind, das dich von früh bis spät begleitet durch den Rummel der Geschichte, die sich mit dir und in dir pausenlos vollzieht. Es ist der Schatten Meiner heiligmachenden Gebärde, die über allem Menschlichen das Zepter führt und königlichen Sinns der Unbill keine Chance lässt, sich dauerhaft im Volk zu etablieren.

Die Geschichte Meines Seins ist eben jene einer unerschütterlichen Wohlfahrt und Gewissheit am Gelingen Meiner Pläne, die sich über alles breiten, was da ist und was die Stellung Meiner selbst aufs Klarste und Entschiedenste belegt. Bin Ich doch der einzigartige und nimmermüde Fürsprech für den Aufwall aller Menschenzeiten einem glückerfüllenden Finale zu.

Sieh dich vor, dass du das Manifest der Herzensgüte, das Ich Bin, schlussendlich auch erkennst in deinem Dich-Erforschen und Begründen als Mein Wort und Meines Willens Prälatur in unnachahmlicher Grandezza und Gefälligkeit am Sein und Leben. Was Mich entzückt, soll dich in Zukunft auch entzücken und was Mich fördert, soll in dir der Anlass sein zur Förderung deiner selbst als Wesen der Allherrlichkeit und Gottesweisheit. Da geht es um die rechte Strategie im Preisverteilen an die Bewahrer Meiner Ehre, wie an jene Seinsverklärten, denen alle Himmel der Beglückung und Begeisterung, Gottseligkeit und Liebeswonne offen stehn.

7.21
Magie ist Meine Stärke, wo es darum geht, aus meisterlich gebildeten Gedanken Objekte der Vergänglichkeit hervorzuzaubern, deren Nutzen allgemein besticht und höchstes Lob verdient vor aller Augen. Warum gelingt Mir dies, derweil du aus Verstand und gutem Willen deine Werke mühsam akquirieren und beformen musst solange, bis sie ihren Dienst zufriedenstellend und apart versehn?

Das ist, weil Meinem Denken wesentlich mehr Schärfe zusteht, als dem deinen, so dass Ich dir nur raten kann dich mit gehöriger Geduld in Meines zu versenken, damit es dein Erkennen aus der Götterfülle mit Genie beglücke, blütenrein und tatenfroh.

Bist du Mir gewogen, wiege Ich dein Scherflein zentnerschwer mit Güldenem und Fabelhaftem auf, um dir die Liebe zu beweisen, die Ich zu dir hege. Ich vollende, was an dir bedürftig und bescheiden, zimperlich und unglaubwürdig ist. Denn was Ich Bin, soll dir im feierlich gewandeten Zusammenschluss auch werden. All so merke dir den Satz: Was Es ist, Bin Ich ebenso, weil Seine Stärke und Bewusstheit mir voll Zärtlichkeit und Unverbrüchlichkeit geschenkt ist, seelenvoll dem Ewigen entgegen. Sei dir Meiner Macht und Meisterschaft bewusst und spüre, dass sie dein ist, wenn du ihr vertraust und deine Kleinheit Meiner Aberglorie opferst in der liebevollen Tat.

7.22
Die Gotteswelt, das Sein, sucht seinen Bürgen einen Weg der Tugend und Wahrhaftigkeit ins Jenseits aller Dinge zu bereiten, hell und heil und lichterloh. "Ich erlausche Mir, was Ich hier Bin", darf sich der Seinsgerechte sagen, um sich im selben Zuge ins Unendliche hinüberzubegeben das schon immer seines Wesens Hort und Heimat war. Wie einfach ist es für dich, deines Seinsbewusstseins wunderbare Klare zu erreichen, die das Menschliche dem Göttlichen vermählt, wenn jenem nur das absolute Offensein gelingt für was ihm immer mag erscheinen.

O holde Kunst des Selber-Mich-Erwartens in den Sphären überirdischer Gelassenheit und Ruh, o schicksalhafte Wandlung ins Erhabene, der Ich Mich noch so gern zuinnerst und zutiefst ergebe. Blauäugig darf Ich diesmal sein, wie niemals noch zuvor, voll Unschuld und Vertrauen, einem Unbekannten gegenüber, das sich zu sich selber führt allhier.

Im Zustand der Verklärung löst sich alles Unterscheiden auf in eine Einheit ohnegleichen, die Ich Bin und deren Dignität und Wonnesein Ich aufs Entschiedenste geniesse. Das Kapitale, Geniale und Gottselige: hier ist es getan und hier geschieht Vollendung in dem Mass, wie Einsicht, Wachheit, Seinsbewusstsein und erlesnes Universensein in Mir sich etablieren. Im Bogen der unendlichen Gewähr, die Ich erlebe, trag Ich Mich dem Sternenhimmel lieb und leicht entgegen und verliere Mich in ihm, indem Ich Mich in Mir verliere.

Das ist das wahre Wunder der Geburt ins Ewige, die aller Weltenwesen Schicksal, Heil, Erlösung und Beglückung ist, früh oder spät, behindert oder frei im Geiste des Allherrlichen, das ist und das schlussendlich alle sind im Wohllaut der Geschichte wahren Seins und Sinnens, liebevollen Waltens und unendlich friedevoller Harmonie.

7.23
He nu, erwarte du nichts weniger als eines Gottes blanken Fusses Auftritt auf dem hehren, leeren Weltengrund zu sehn. Er kommt so sicher wie die hellen Sterne dir am Himmel blinkend ihre Weisung hinterlassen und kommt und kommt, dein Antlitz mit Erstaunen, Rat und Tat zu füllen; kommt, derweil du

schläfst und wenn du endlich aufwachst, ist er längstens dagewesen und hat Wunder über Wunder hinterlassen hinter seinem Sich-Verwehn.

Nun ist's an dir, die Zeichen Seines Wirkens aufzuspüren, um Gewissheit zu erlangen, dass er Ist in majestätischer Potenz und Überlegenheit, gewaltigem Kalkül und unerschütterlicher Liebe zu den Werken, die die Seinen sind und bleiben. Alles wirkt und bildet Er von A bis Z, von vorn bis hinter alle Hinterhöfe des Erscheinens seiner Genialität im Pläneschmieden und Verwirklichen, gelassen und bezaubernd, gütig und geschmeidig vor sich hin.

Ist er's oder kann er's nimmer so gewesen sein, brauchst du mitnichten zu erfragen, denn sein Arm und Atem reicht bis in die letzte Fiber deines Wesens und lässt dich niemals los in deinem Sein, aus ihm geboren und von ihm gehalten und genährt, gerundet und gesundet immerdar.

Das sei nun deine Tat: Dass du hier *Bist*, um staunend zu erkennen, dass Ich Bin ist dein Gegenwärtigseins Gevatter und Gespan. So lieb Ich es, Mich anzusagen in deines Herzens wohlgesinntem Milieu und Mir ein Nest zu bauen in der Unbekümmertheit und Seidenweichheit deines Wesens. In ihm will Ich den Keim der Freude auferstehen lassen und die Blüte aller Zuversicht am Sein und Leben. Trau Mir das zu und sei getrost und heiter im Bewusstsein Meiner Gegenwart in dir, unendlich wohlgesittet, zart und seelenvoll für wonnevolle Ewigkeiten.